IN EXTENSO
(Nouvelle Série).

EDMOND JALOUX

LES FEMMES ET LA VIE

LA RENAISSANCE DU LIVRE
PARIS :: 78, Boulevard Saint-Michel :: PARIS

LES FEMMES ET LA VIE

Collection " In Extenso "

Le volume 1 fr. 20

Franco par la poste: **1 fr. 50**

Edmond Jaloux

Les FEMMES ET LA VIE

ROMAN

Couverture par Ciolkowski

PARIS

LA RENAISSANCE DU LIVRE

78, BOULEVARD SAINT-MICHEL, 78

EDMOND JALOUX

Edmond Jaloux, né à Marseille en 1878, n'est pas seulement provençal par la famille dont il est issu : il l'est par lui-même : c'est en effet à Marseille qu'il a été élevé et qu'il a vécu ; sa première venue à Paris date, si je ne m'abuse, de 1903. Au demeurant notre métropole ne l'a pas conquis d'une façon absolue; c'est à Marseille surtout qu'il a continué à vivre et je crois fort que désormais sa vie se partagera entre la capitale des rives de la Seine et cette autre capitale qui règne en face de son port bruyant et divers et du château d'If cher au père Dumas.

Cette existence en province n'a jamais été pour M. Edmond Jaloux une désagréable obligation, une manière de pensum : les lieux où il vivait, il les aimait, il les comprimait, et ces lieux lui ont rendu sa tendresse. Cette compréhension et cet amour ont assuré à son œuvre une des causes, non les moins savoureuses, de son originalité. Ce n'est point là, au demeurant, le seul bénéfice que M. Edmond Jaloux ait tiré de la vie de province. Plus que l'existence surchauffée où les parisiens se laissent presque tous entraîner, elle est favorable aux longues et méthodiques lectures. Ainsi le jeune auteur prenait connaissance non seulement de notre littérature nationale, mais encore des livres des meilleurs auteurs contemporains de divers langues étrangères. Et c'est là une force que peu d'entre nous ont su acquérir. Cette érudition qui ne s'alourdit jamais professoralement, car M. Edmond Jaloux — et combien je m'en félicite ! — est tout le contraire d'un professeur, cette érudition lui permit de devenir rapidement un des meilleurs critiques de notre génération.

M. Edmond Jaloux était bien jeune encore quand, en mars 1896, parut son premier volume ; c'était un recueil de vers intitulé *Une Ame d'Automne*. Par la suite M. Edmond Jaloux ne publiera plus de poésies, mais, en prose, il demeurera par excellence un poète. Cette *Ame d'Automne* n'était point sans avoir subi l'influence de M. Henri de Régnier ; c'est que M. Edmond Jaloux appartient à une génération pour laquelle le grand poète et le grand prosateur qu'est le poète des *Jeux Rustiques et Divins*, le romancier du *Mariage de Minuit* et du *Passé Vivant*, a été le maître entre tous.

Son premier roman, — *L'Agonie de l'Amour*, — parut en 1899. Il fut suivi par *Les Sangsues* (1903) ; *Le Jeune Homme au Masque* (1905) ; *L'Ecole des Mariages* (1906) ; *Le Démon de la Vie* (1908) ; *Le Reste est silence...* (1909). Il faut s'arrêter sur ce dernier livre qui obtint le « prix de la Vie Heureuse » et causa dans les milieux littéraires la plus vive sensation. Sensation entre toutes justifiées ! *Le Reste est silence...* est en effet un des plus beaux romans qu'ait produits notre génération. C'est, vu par les yeux de l'enfant, le désaccord qui se produit entre son père et sa mère. Tout y est traité en touches aussi fines qu'aiguës. Je crois qu'on a rarement été aussi loin dans l'étude du cœur humain, que rarement avec des moyens volontairement aussi simples on a fait éprouver au lecteur une si profonde et si noble émotion. *Le Reste est silence...* demeurera dans la littérature française. Des nombreux articles qui furent à ce moment écrits sur ce livre, je citerai ceci que, dans le *Gaulois*, M. Henri de Régnier lui consacrait le 6 juin 1909 : « M. Jaloux est fort apprécié des Lettres et lorsque, ce qui ne saurait tarder, il trouvera l'accès d'un public plus étendu, on éprouvera une heureuse surprise à découvrir en lui un des romanciers les mieux doués d'aujourd'hui, un romancier non seulement ingénieux et subtil mais possédant une véritable puissance romantique... » L'année d'après (1910) parut le *Boudoir de Proserpine*, puis en 1911 l'*Eventail de Crêpe*. M. Edmond Jaloux s'affirmait là essayiste et auteur de poèmes en prose, genre entre tous difficile, que plus d'un a tenté et où peu ont réussi.

De 1911 à 1918, M. Edmond Jaloux n'a rien publié, mais il avait travaillé, car il est de ceux qui ne laissent sortir un livre que quand ils l'ont porté à son maximum de valeur. Cette année-ci (1918), coup sur coup sortaient l'*Incertaine*, œuvre charmante où tous les ressorts de la comédie italienne sont mis en jeu avec une originalité d'esprit, une légèreté de touche aussi, qui ne se démentent point, puis *Fumées dans la Campagne* (La Renaissance du Livre), au sujet duquel, de même que pour le *Reste est silence...*, on a pu sans exagération prononcer le mot de chef-d'œuvre. Il est intéressant de noter qu'une parité existe entre ces deux romans, ou du moins entre le *Reste est silence...* et la première partie de *Fumées dans la Campagne*. Certains des personnages de ce dernier ouvrage ne s'oublieront pas : Raymond de Bruys, sa mère, et surtout Maurice de Cordouan, l'homme qui parle sa vie. Enfin La Renaissance du Livre vient de publier son dernier roman, *Au-dessus de la Ville*, œuvre d'une psychologie aiguë et douloureuse qui se développe dans les plus beaux décors de l'Espagne, et dont le succès est considérable. Je signalerai encore que plusieurs romans publiés par M. Edmond Jaloux dans des revues : *Les Femmes et la Vie* (*Pays de France*), *La Fête Nocturne* (*Nouvelle Revue*), *Les Amours perdues* (*Revue de Paris*), *Hébé* (*Revue de Hollande*), *L'Abbé Galuchat* (*Le Feu*) n'ont pas encore été publiés en volumes.

M. Edmond Jaloux qui est aujourd'hui au seuil de la quarantaine a derrière lui une œuvre déjà belle et devant lui un avenir non moins beau. Je me souviens que M. Francis de Miomandre écrivait à son sujet, ou à peu près, qu'en lui une âme de poète et d'honnête homme sensible se cache derrière le psychologue, et c'est là un jugement qui, dans sa brièveté, est fort exact. Joignez-y le respect de son métier d'écrivain, cet amour de l'effort littéraire que je signalais plus haut, cette vertu de ne jamais lâcher un livre, le don du style, une vision poétique et originale et la science d'animer des personnages qui pour beaucoup paraîtraient devoir rester en dehors de la vie, et vous aurez les caractéristiques principales de l'auteur du *Jeune Homme au Masque*. Dois-je finir en indiquant son violon d'Ingres ? C'est d'aimer les livres pour eux-mêmes, c'est-à-dire d'aimer en faire collection avec non moins de soins et de passion qu'il met à les écrire.

LES FEMMES ET LA VIE

I

Michel Deslys descendit la Cannebière et s'arrêta devant le Vieux-Port, au coin d'un trottoir où l'on vendait des coquillages. Le soleil de février, déjà chaud comme aux premiers jours d'avril, dans un ciel d'implacable azur, brûlait les pierres du quai et faisait étinceler la mer tranquille et lumineuse où de longs reflets tremblaient. L'énorme tumulte de la cité humaine aboutissait à cette large place puissante et fauve. Le bruit s'y spiritualisait, y devenait plus léger, s'y tamisait, eût-on dit, de même que la lumière du matin quand elle traverse les brouillards argentés qui s'élèvent de la mer.

La foule se pressait sur la chaussée, avec un double mouvement mêlé de flux et de reflux ; des tonneaux que l'on déchargeait près d'un bateau roulaient et retentissaient sur les pavés flamboyants, des automobiles ronflaient, et le grondement perpétuel des lourds omnibus, des voitures et des tramways couvrait le murmure des voix humaines.

Près de Michel, une odeur puissante et marine s'exhalait des éventaires où les huîtres, les moules et les clovisses reposaient sur des paniers bruns, dans un lit d'algues et de varechs ; d'énormes citrons d'or posés au milieu des conques versaient sur elles un radieux éclat et appelaient les yeux des passants par leur couleur qui chantait comme un cri triomphal.

Michel aspira fortement la brise chargée de sel qui soufflait avec une lente douceur ; il la but comme un vin généreux ; elle répandit dans ses membres de l'aise et de la vigueur. Il se sentit ardent et jeune, il eut conscience de sa force et il se sourit. La dureté de l'azur faisait du ciel un marbre admirable et bleu, étincelant de clarté, lisse et sans aucune jaspure. Les ornements de cuivre scintillaient sur les yachts élégants ancrés près de la rive. Le monde apparaissait dans un éblouissement, échange d'éclairs et de reflets, faisceau de rayons qui s'irisent, temple de feu où la lumière et la chaleur sont les seules divinités.

Michel ne pouvait se décider à remonter la Cannebière. Il venait de passer trois mois chez lui, absorbé par un ingrat travail de traduction qu'un éditeur lui avait commandé, sortant rarement de son cabinet d'étude, ne voyant ni femmes, ni amis. Maintenant, la vie extérieure le reprenait ; il restait debout au bord du trottoir, coudoyé par les uns, bousculé par les autres. Mille désirs s'élançaient en lui ; sa pensée se faisait protéenne pour le tenter ; il voyait dans une rêverie confuse passer des jeunes filles aux chevelures tombantes, aux jambes fines, des maîtresses à la chair lisse et douce, des plateaux d'oranges et de pastèques, des grenades en sang, des stations aux tables de marbre des cafés, de longues promenades dans la fraîcheur de la nuit, des siestes accablées, sous les berceaux de verdure, près d'une aire, bûcher de soleil. Que de choses charmantes s'offraient à lui ! Il fallait goûter à toutes avec une sensualité presque mystique, avec une ferveur religieuse !

A ce moment, une jeune femme, mince et svelte passa au bas de la place. Un grand collet de drap violet lui tombait jusqu'à mi-jambes. A distance, elle paraissait jolie. Michel avait la passion des femmes, passion presque désintéressée, car elle naissait surtout de l'admiration de leurs formes et de leur visage, du sentiment d'harmonie qu'elles lui mettaient dans l'esprit et du plaisir qu'il trouvait à leur société. Il poussait fréquemment cette admiration, ce sentiment d'harmonie et ce plaisir jusqu'à la jouissance intégrale de leur beauté, pourtant il avait l'esprit assez bien fait pour considérer ce résultat comme une conclusion logique, mais non l'indispensable, et pour savoir se contenter, au besoin, d'une douce contemplation, d'une discrète et délicate amitié ou de quelques faveurs sans importance. En un mot, il savait comprendre toutes les formes de l'Amour et son optimisme naturel le portait à trouver en chacune son bonheur.

Deslys, ayant reconnu que la dame au manteau violet devait être belle, traversa la place ensoleillée et brûlante où de pesantes charrettes faisaient retentir les pavés.

La promeneuse pénétra dans le baraquement de bois qui sert de préface à l'entrée dans le petit vapeur qui fait le service du Pharo. Michel l'y suivit sans réfléchir. Il monta derrière elle le raide escalier de la passerelle. Il vit alors, et pour la première fois, son visage. Il en fut délicieusement ému. C'était une figure mignonne et blanche qui tirait sa plus grande beauté de la splendeur de deux larges yeux noirs, au regard mystérieux et changeant, tantôt grave et timide, tantôt aigu et sensuel ; le nez, petit et un peu retroussé, s'accordait à l'expression voluptueuse de la bouche, très rouge et sinueuse comme la pensée d'une femme qui aime le mensonge.

Le regard profond et admirateur dont Michel enveloppa l'inconnue depuis le jardin printanier de son chapeau de violettes jusqu'à la pointe de laque de ses souliers sembla la gêner, car elle détourna la tête vers le large, et d'elle, Michel ne vit plus que le col relevé de son manteau et le nœud gorgonien d'une épaisse chevelure brune à reflets châtain clair.

A son tour, il contempla le paysage. La perspective de la Cannebière et des quais bruyants s'éloignait. A droite, à gauche, défilaient les navires amarrés dans les eaux du Vieux-Port. Derrière eux, on voyait des façades rangées comme un peuple de visages anxieux et mélancoliques. Blanches, grises, rouges, jaunes, vêtues de linges qui pendaient, elles assemblaient sous le ciel une désolation muette que le soleil glorifiait en lui jetant l'automne de ses rayons. D'autres maisons dont la face se levait vers l'Occident en feu montraient des blocs d'ombre et d'or ; et sur le sommet de sa colline, la basilique de Notre-Dame-de-la-Garde planait dans une buée bleuâtre qui l'éloignait en l'imprécisant.

Mais la joie que Michel avait de ce spectacle dépassait la satisfaction qu'il lui causait d'habitude. Quelque chose de plus profond s'y mêlait ; c'était un sentiment de sérénité large et vibrante, de triomphale jeunesse et de riant enthousiasme. Il reconnut aisément que cela venait de la présence de l'inconnue sur la passerelle. Le seul fait d'avoir en face de lui la vue d'une jolie femme lui causait ce vif plaisir et lui donnait cette ardente ivresse. Il aurait voulu se faire remarquer d'elle, attirer son admiration ou sa tendresse, accomplir un acte héroïque ou insolite. Et il restait immobile, appuyé contre le garde-fou, retenant du bec d'argent de sa canne son chapeau que le vent voulait lui dérober.

Des barques glissaient sur les eaux calmes, vertes et bleues, mêlées de gris et qui semblaient contenir une clarté intérieure ; certaines arboraient d'étincelantes voiles blanches que la bise plissait et fripait. Les rames fendaient la transparence des ondes que les proues légères labouraient.

Les rampes basses du Pharo s'approchèrent : on distingua le débarcadère, les pentes de gazon lisse entre les arbres nus. Sur l'esplanade, le large palais gris converti en école de médecine apparaissait. La tour du fort Saint-Jean passa à droite. Le vapeur alors commença à remuer, car de la haute mer, encore agitée par le coup de mistral de la veille, de courtes vagues d'un bleu profond accouraient sous une couronne d'écume.

Accoudée à la balustrade, la jeune femme contemplait les fines collines de lapis qui se détachaient sur l'horizon. Deslys fit quelques pas et se trouva de manière à pouvoir la regarder de profil. Elle se sentit observée et tourna la tête vers lui ; elle l'examina. Il était de grande taille, robuste et souple en même temps. Ses cheveux d'un blond roux bouclaient légèrement aux tempes. Ses yeux d'un gris bleu qui semblait vert par moment, montraient une humeur gaie, cruelle et lascive, sa barbe fauve et frisottante encadrait une bouche épaisse qui souriait facilement, avec plus de raillerie que de tendresse. Il avait dans toute son allure quelque chose d'un faune voluptueux et charmant, intrépide et rieur.

Ce regard posé sur lui fit à Michel l'effet d'un vin vivifiant. Il eut le brusque désir de se jeter aux pieds de la passagère et de baiser ses poignets bleus. Il eut envie de chanter l'hymne éternel de la Jeunesse qui passe à la Beauté qui demeure. L'Amour roula dans son cœur comme un torrent fougueux. Et parce que cette jeune femme avait les yeux fixés sur les siens, l'univers entier lui parut plein de délice et d'harmonie, de splendeur et de tendresse. Le soleil lui souriait, la mer se faisait molle et douce pour porter sa fortune.

— C'est de la femme, pensait Deslys, que viennent le charme et la poésie de la vie.

Comme le soleil, elle embellit tout ce qu'elle touche. Les heures que l'on passe auprès d'elle sont enivrées des plus ardentes jouissances. Une atmosphère héroïque et passionnée se forme autour de sa présence. La joie et la douleur qui coulent de coutume dans le cœur comme une eau rapide et sans y laisser de trace se cristallisent et demeurent. L'homme se complète. Il possède le sens du divin. L'unité du monde lui apparaît, et le flambeau d'amour qui s'allume en lui et le porte à la passion d'un être sublime, grandit démesurément et le jette à l'adoration de tout ce qu'il voit et de tout ce qu'il devine, — à l'amour des arbres, des nuages, des vagues, des bêtes, des hommes — au culte des métamorphoses de la matière, du mouvement de la sève, du travail obscur des racines, de la fécondation des fleurs, de la germination des graines !

Cependant le petit vapeur s'approchait du pont de bois qui fait office de débarcadère. On jeta une corde qu'un homme saisit au vol et attacha à un pilier. Les passagers se pressèrent vers l'escalier. Michel les laissa défiler, espérant que la jeune femme se joindrait à leur groupe ; elle n'en fit rien ; il se décida enfin à gagner la terre, croyant qu'elle le suivrait. Par un petit chemin qui contournait la côte et surplombait une mince langue de plage, couverte de galets polis, il atteignit un promontoire un peu élevé d'où l'on voyait le navire.

Il s'aperçut alors que la dame en violet demeurait sur la passerelle. Il s'en voulut de sa stupide étourderie et s'invectiva avec violence. Il était déjà tard pour regagner le bateau ; on démarrait déjà. Le vapeur fit une large courbe et vint passer comme ironiquement devant le cap où Michel prenait l'attitude de René au bord de l'Etna, attitude qui ne convenait pas du tout à son genre de beauté ; un sillage d'écume bouillonna sur l'eau verte.

Une légère mélancolie voilait déjà l'esprit de Michel. L'inconnue en passant devant lui le regarda de nouveau ; elle était toujours accoudée au garde-fou. Il sembla au jeune homme qu'elle souriait un peu. Puis le vapeur vira et retourna vers le port en crachant de minces fusées de fumée. La voyageuse ne fut bientôt plus qu'un point violet qui s'effaça.

Il parut alors à Michel qu'il venait d'effeuiller entre ses mains comme un bouquet de roses le faisceau noué de ses actions. Jusqu'au soir, les heures lui semblèrent longues à passer. Rien de nouveau ne surviendrait avant le lendemain. Une chaude lumière venait de le quitter. Il retrouva au fond de lui de la lassitude et de l'hésitation. Où étaient cette jeunesse et cet enthousiasme qui tout à l'heure encore le transportaient sur l'éclair de leurs ailes?

— Qu'ont-elles donc ces femmes, se demandait Michel en s'en allant par les petits chemins escarpés vers l'esplanade du Pharo, qu'ont-elles donc pour pouvoir jeter dans notre esprit ce feu et cette cendre? Pourquoi la vie auprès d'elles est-elle si fiévreuse et si véhémente ; pourquoi, quand elles nous ont quittés, la lumière du jour semble-t-elle se ternir? Je vois maintenant que c'est encore l'hiver et que les arbres sont nus, et pourtant, je croyais tantôt rouler tout le printemps dans mes veines.

Ainsi raisonnait Michel Deslys en prenant le tramway de la Corderie qui le ramenait vers la ville ; rien ne pouvait calmer son inquiétude et sa brûlante tristesse.

II

Quelques jours après sa rencontre avec l'inconnue, Michel Deslys errait, un soir, dans la rue de Saint-Ferréol. Des groupes de femmes s'y promenaient en causant et s'arrêtaient devant le miroitement des magasins. Des jets de lumière coulaient sur les glaciers prismatiques des soieries, sur le bois poli des meubles, sur les corbeilles d'argent ; ils lançaient dans la rue un immobile et brusque torrent de clarté;

et quand les passantes le traversaient, on distinguait leurs figures roses ou pâles, l'élégie ou le sourire de leurs yeux, le renflement de leurs lèvres et quelques détails de leur toilette: l'écume d'une légère fourrure grise autour du cou, l'éclair d'une émeraude à l'oreille, une épaule d'astrakan. Ces rapides visions plongeaient tout à coup dans l'ombre pour renaître plus loin sous le nouveau bain d'un soleil factice et provisoire.

Il avait plu dans la matinée. L'air était humide et tiède, moite comme une peau en sueur. Une fange épaisse couvrait la chaussée ; les trottoirs mouillés luisaient aux rayons du gaz. De dangereuses puissances flottaient avec les émanations de la boue ; des désirs troubles et confus montaient du fond de la chair, comme ces bulles qui viennent crever à la surface des marécages.

Deslys marcha plus lentement. Il aimait ces aspects fiévreux de vie moderne, la fuite incessante des femmes, plus innombrables que des rêves, la langueur exténuée et la lassitude qui le saisissaient alors, et les étranges aspirations qui envahissaient sa pensée, et sa mélancolie, et tout enfin de ce qui constituait sa personnalité de ces heures-là. Un vain souci de tendresse et de sensualité tourmentait sa jeunesse ; et des souvenirs accouraient en foule mêler la ronde de leurs regrets au tourbillon de pensées qui se pressaient dans l'imagination de Michel.

Au milieu d'un remous d'étoffes et de fleurs, il aperçut tout à coup un pan de manteau violet qui s'enfuyait. Il courut pour le rejoindre et le vit s'engouffrer dans la porte cochère d'une maison. Il en fut énervé et un peu inquiet, comme si déjà la jalousie lui offrait les prémisses de ses absurdes souffrances. Il entra à son tour dans le corridor qui s'était ouvert à la disparition de la jeune femme. Un photographe habitait cette demeure ; il avait rempli les vitrines du pas-perdu. Michel les regarda longuement, visages de femmes et corps d'enfants, actrices et hommes en habit noir, vues de steamers et de régates. Un obscur instinct lui disait que ce n'était point là la demeure de l'inconnue. Il attendit plus d'une demi-heure, patient et crispé. Puis il la vit sortir d'une porte vitrée ; il se retourna pour la regarder ; elle le reconnut sans doute, car elle eut un sourire dans les yeux. Son teint paraissait très échauffé ; on sentait à les voir la chaleur de ses lèvres ; elle frôla Michel en passant et l'envahit d'une odeur d'iris, prenante et douce. Il se jeta à sa poursuite. Elle glissait dans la foule avec un mouvement serpentin, insinuant et rapide ; elle se faufilait au milieu des groupes, y disparaissait, ressortait plus loin. Michel pour ne point la perdre de vue sautait à tout moment sur la chaussée, au risque de se faire écraser par les lourds omnibus ou les bruyantes automobiles.

Elle se retourna deux ou trois fois pour reconnaître si Michel la suivait toujours. En était-elle mécontente ou satisfaite? Il était difficile de le savoir. Elle prit brusquement une nouvelle direction et chercha à perdre le jeune homme. Les méandres qu'elle traça dans un fouillis de petites rues étaient capricieux et incertains. Elle faisait un long détour pour revenir sur un trottoir qu'elle avait déjà parcouru. Michel, fasciné, ne savait plus du tout où il en était ; ses projets se brouillaient comme les pas de la femme dans le quartier. Mais il ne la quittait pas, il filait toujours derrière elle, les yeux obstinément fixés sur ce manteau violet et cette robe noire qui semblaient devenir l'unique but de sa destinée.

Quant elle se fut convaincue de l'obstination de Michel, la jeune femme parut prendre un nouveau parti. Elle ralentit considérablement sa marche.

— C'est le moment de brûler ses vaisseaux, pensa Deslys, gare à l'incendie !

Il rattrapa la passante et, la saluant très bas, il lui fit une déclaration dans les règles ; elle ne parut pas vexée, mais plutôt amusée de l'aventure. Michel débita quelques phrases faciles et d'un tour oratoire qui n'avait rien d'imprévu.

— Votre vue, madame, depuis que j'ai eu l'intense joie de vous rencontrer, a troublé mes nuits et m'a empêché de dormir...

— Même au tribunal, ajouta-t-il.

— Il fallait prendre du chloral, fit la dame en souriant.

— Ah ! madame, quelle terrible ironie !

L'inconnue considérait Michel avec une complaisance évidente, mais ne semblait point goûter l'emphase romanesque de ses discours. Il s'en aperçut à temps et changea leur abondance fleurie en un tour familier, bon enfant et un peu cynique. Il la décida alors facilement à le suivre dans un hôtel meublé dont il connaissait la propriétaire. L'escalier n'en était point vêtu de velours rouge, ni encadré de palmiers, mais il ne parut point misérable à Michel puisqu'un bras tiède de femme s'appuyait sur le sien et qu'il respirait la fraîche odeur d'une nuque blanche. La splendeur de la jeune femme, le déroulement de sa chevelure dénouée, le divin printemps de sa chair et la chute de ses riches étoffes eurent assez de poésie pour embellir la banalité de la chambre, le triste anonymat des meubles usés et les gémissements du lit fatigué et grinçant. Mais quelle salle de palais oriental, quel boudoir parfumé de féerique Alhambra aurait pu soutenir la comparaison avec cette pièce froide et nue qu'une jeune femme, ardente et passionnée, remplit de sa profonde, adorable et savoureuse vénusté.

Michel et la jeune femme goûtèrent deux heures de caresses charmantes et de délicieux péchés. La volupté leur offrit ses plus belles roses. Ils s'anéantirent dans l'oubli heureux de la chair, extase où tout se fond, vertige où l'on palpite obscurément aux émotions de la vie, comme les racines dans l'humus et les madrépores sous les couches épaisses de l'eau.

Michel emmena sa nouvelle maîtresse dans

un restaurant. Il apprit d'elle en route qu'elle se nommait Henriette Jeanselme, qu'elle était divorcée, indépendante et seule, dans une situation aisée, et que les épisodes amoureux l'intéressaient plus que tout au monde.

Elle avait l'esprit aimable et bien fait, elle souriait à chaque chose, doucement et sans fatigue, elle distinguait mieux les qualités des vins et les saveurs des mets que les différences individuelles des êtres. Elle prenait pour coutume de les classifier simplement d'après leur toilette, méthode facile et qui n'exige pas de grands efforts d'intelligence. A vrai dire, elle en avait peu. Elle apparaissait surtout sensuelle, coquette et gourmande, et des romans modernes qu'elle avait lus, elle ne retenait guère que ce qui pouvait flatter ses goûts voluptueux.

Ainsi, pendant le dîner, Michel pénétra sans peine les pensées de sa nouvelle conquête. Il lui trouva assez d'esprit et de cynisme pour demeurer amusante et assez de préjugés de son éducation bourgeoise pour garder de la tenue et ne point devenir encombrante.

Deslys lui donna rendez-vous, le lundi suivant, à cinq heures du soir, dans le square de la Bourse.

En quittant son amie, le jeune homme se mêla à la foule qui ruisselait sur la Cannebière. Les lampadaires électriques jetaient leur lumière fixe et glacée, des cafés étincelaient. La lune semait sur les eaux du Port des bracelets de perles dissoutes. La nuit était étrangement pleine de clarté, de plaisir et de bruit.

Des courtisanes passaient, tentantes et fardées, admirables produits d'une civilisation fatiguée et luxueuse. Leurs bouches semblaient sculpter par leurs mouvements la forme des mots qu'elles prononçaient. De larges bagues noires cernaient leurs yeux. Elles avaient des pierres aux doigts, de l'or aux oreilles, des rires aux lèvres, — et elles jetaient en marchant des roses sur la boue et la détresse de leur vie. Des groupes de jeunes gens traversaient les trottoirs. Des paroles prononcées très haut frappaient l'air. On oubliait les soucis de la journée, les inquiétudes d'argent, les chagrins de vie intime, tous les ennuis de l'existence, pour s'enivrer d'une griserie éphémère et factice, dans la parodie de la lumière, la parodie de la beauté, la parodie de l'amour.

— Si ces êtres cessaient de marcher et de rire, se disait Michel, je suis sûr qu'ils seraient près de pleurer. Mais le mouvement est en eux et toute joie vient du mouvement. Tout s'agite et tout se répand, les éléments nutritifs dans l'organisme comme les torrents dans la mer, les êtres dans l'air comme les dauphins dans l'eau, la pensée dans l'espace comme la sève dans les fibres des plantes. La vie n'est qu'échange de gestes, équilibre de forces et mouvement. Une étrange joie me possède, ce soir, car j'ai participé au vaste écoulement des idées, des êtres et des choses. Et je sais que l'amour n'est beau que parce qu'il nous fait aller des uns aux autres comme les eaux des terres dans les nuages et des nuages sur les terres. Flux et reflux, circulation du sang, ronde des planètes, c'est avec tout cela que j'ai communié aujourd'hui en étreignant dans mes bras vigoureux le souple corps blanc d'Henriette !

Sa rencontre et sa soirée lui laissaient un étrange et fiévreux souvenir. Il était brisé de fatigue, mais surexcité au point de ne pouvoir rester assis. La vie l'enivrait comme une fumée d'opium. Il ne pouvait se résoudre à rentrer chez lui, à perdre quelques heures de conscience, à succomber au néant du sommeil. Il voulait à toute force jouir du grand nombre d'instants qu'il lui serait permis de dérober à la mort si proche. Il entra dans un café-concert, il en sortit après une demi-heure de représentation, il marcha encore, il vit des églises pâlir dans les rayons de la lune, de longues files d'arbres s'enfoncer dans la solitude, des fontaines cracher des cascades de nacre dans le marbre usé des bassins. Des courtisanes le hélèrent. A bout de forces, mais repu, il prit une victoria et se fit conduire à la plage. Il s'endormit dans la voiture, heureux et las, caressé par les lèvres immatérielles de la lune.

III

Dans son salon rempli de palmes et de soieries, Thérèse Laugier ne semblait qu'une heureuse rose, défaillante et toute gonflée de sève, mais irréparablement éphémère. Sa beauté avait un caractère de fragilité si intense que la vue en était attristante, comme celle d'un myrte en fleurs dans un cimetière. A demi étendue sur des coussins, rieuse et douée, adulée, choyée, entourée d'amies élégantes et de jeunes gens prompts à satisfaire ses moindres fantaisies, elle ne paraissait montrer sa grâce que pour attester l'inéluctable fatalité de la mort. L'amour que l'on avait pour elle ne pouvait être que cruel, tant il se mêlait de pitié à sa tendresse.

Quand il était auprès d'elle, Michel éprouvait un désir amer et vif d'appuyer sa bouche sur ces lèvres pareilles à deux beaux fruits et de couvrir de larmes et de baisers ces joues roses ; et il sentait, en la quittant, une lourde et lente tristesse emplir tout son cœur.

Il avait joué, avec elle, tout enfant, dans des jardins publics. Peut-être même déjà l'adorait-il à ce moment avec une passion aussi fervente que maintenant — et aussi inconstante sans doute déjà, car il se rappelait que les jours où il ne la rencontrait pas, il montrait la même amitié aux autres fillettes qui couraient au soleil.

Jeune fille, Michel avait rencontré quelquefois son ancienne amie dans des bals ou en visite, il admirait la croissance de sa grâce, le délicat épanouissement de son visage et de sa taille, — mais il ne la voyait assidûment que depuis l'époque où elle avait épousé Hip-polyte Laugier, un camarade avec qui il avait gardé des relations cordiales. Elle était revenue depuis peu de temps d'un voyage de quatre mois à travers l'Italie ; et durant cette époque, Michel avait su le remords de ne pouvoir aimer Thérèse qu'en sa présence et de l'oublier après son départ, aussi aisément que la graminée doit oublier la brise légère qui l'a un instant courbée.

Une à une, les tulipes des lampes remplaçaient dans le salon les clartés du jour qui mourait au dehors. Des chrysanthèmes blancs et jaunes dont les couronnes surmontaient les cristaux fripaient lentement le bord de leurs pétales fragiles. On mettait une sourdine à la conversation, comme si la présence religieuse du crépuscule, heure de messe où le soleil se sacrifie sur un autel de nuages, déposait dans l'esprit plus de gravité et plus de silence entre les mots.

Des dames sortirent ; quelques messieurs à leur tour s'en allèrent. Le salon se vidait peu à peu. Bientôt, il n'y demeura plus avec Michel, qu'Arion, le poète lyrique, et Junie Svendson, une jeune femme bruyante et gaie, aux cheveux aussi rouges que la vigne vierge en automne.

— Ah ! madame, disait Arion à Thérèse, ne dites point de mal de la mort ! Que serait la vie sans elle ? Imaginez, si vous le pouvez, un roman qui ne finisse jamais, un traité de philosophie qui n'ait pas de conclusion ! — La mort donne un sens à notre destin. — Si nous étions sûrs de vivre toujours, que ferions-nous sur la terre ? — Pensez, madame, à cette chose affreuse : avoir toute l'éternité devant soi ! Nous nous dirions avant d'accomplir la moindre action : pourquoi aujourd'hui ? Je peux attendre, j'ai tant de mois encore pour cela ! Mais savoir que la mort est là, à notre porte, qu'elle peut à tout instant lever la main sur nous, voilà qui donne à la vie toute sa saveur. Une rose qui commence à se flétrir exhale un parfum plus puissant et plus intense qu'une rose qui s'ouvre à la rosée. La pensée de la mort nous crie que nous devons nous presser, arracher toutes les fleurs à la branche, que demain il sera peut-être trop tard !

— Je crois que vous avez raison, répondit Thérèse, après quelques minutes de réflexion, je me souviens d'avoir passé à Aix tout un été dans une campagne d'où l'on voyait le cimetière, blanc champ de tombes sous des cyprès d'airain. Que de fois alors la pensée de la mort a rempli mes nuits d'angoisse et m'a plongée dans la mélancolie ! Mais jamais aussi je n'ai vécu avec autant de fièvre, jamais je n'ai eu autant d'aspirations frénétiques vers le bonheur. Comme je me rendais mal compte de la nature de mes sentiments, je croyais simplement que j'avais besoin de me distraire pour secouer l'oppression de mes funèbres rêveries.

Junie éclata de rire brusquement et s'écria :

— Vous en avez encore pour longtemps à dire des choses sérieuses? Il me semble que je suis encore au cours et que j'écoute des professeurs. Si vous laissiez la mort tranquille? Nous avons bien le temps de penser à elle ! C'est long, la vie, vous savez !

Elle manifestait dans tout son corps fort et robuste une sorte de présence animale, une joie instinctive et violente qui naissait du bon fonctionnement de ses organes et la jetait dans l'existence comme une bête tranquille dans une forêt. Sa beauté saine, rousse et un peu brutale contrastait avec celle de Thérèse qui arrivait dans l'affinement de la grâce nerveuse à cet état qui fait trembler comme la vue d'une jeune femme qu'un gymnasiarque, sans la toucher, entoure de flèches et de couteaux adroitement maniés et lancés.

Six heures sonnèrent. Junie Svendson se leva avec précipitation pour s'en aller.

— Belle Bacchante, lui dit Arion, me permettez-vous de vous accompagner?

— Ne craignez-vous pas que je vous déchire en route, jeune Orphée?

— Mais, madame, les Bacchantes ont tué Orphée par jalousie, parce qu'il ne voulait pas les aimer, — et ce n'est pas...

— C'est bien, je vous dispense de la suite, mon cher.

La portière orientale retomba sur leur départ et sur leurs rires. Michel et Thérèse restaient seuls. Les lampes étaient baissées. Une ombre discrète voilait le salon, les meubles blancs, les rideaux à fleurs, les bibelots des étagères. Il y eut un moment de silence. Michel se sentait infiniment heureux puisque Thérèse était auprès de lui ; il ne désirait rien de plus, il souhaitait que le passé et l'avenir s'évanouissent et pouvoir dire, comme Shelley, à l'instant qui passe : « Demeure, tu es si beau ! » Une douce volupté baignait son âme, il y avait en lui de l'aise et un apaisement sans regret. Ses yeux caressaient le fin visage, encore enfantin et d'un rose presque irréel, le tendre regard bleu, les belles lèvres souriantes. Et il lui semblait que rien autre d'aussi exquis ne pouvait exister sur la terre.

— Vous ne dites plus rien, commença Thérèse, en s'enfonçant dans son fauteuil, les jambes croisées et les mains à la dérive.

— Je goûte dans le recueillement le charme de votre présence, je m'enivre de votre vue !

— Si ma présence vous était aussi précieuse que vous voulez bien le dire, comment auriez-vous donc vécu pendant mon voyage, s'écria Thérèse, avec un léger rire ironique.

— Je n'ai pas vécu, Thérèse, j'ai végété misérablement, dans une somnolence ennuyée, comme les marmottes pendant l'hiver.

— Vous m'amusez !

Michel releva fougueusement la tête et répondit d'une voix sourde, avec une étrange violence contenue et glacée.

— Ah ! ne dites point cela, je ne veux point vous amuser, je veux vous attrister, je veux me tenir à vos côtés comme le remords, empoisonner votre vie de ma présence, chasser le sommeil de votre couche et hanter vos nuits du spectre de mon désespoir !

— Merci, vous êtes aimable, et pourquoi ce déploiement romantique?

— Parce que je vous aime.

— Vous me l'avez déjà dit.

— Je ne vous le dirai jamais assez. Vous ne m'aimez pas. Je veux que vous m'aimiez. Vous luttez contre vous-même. De l'harmonie de votre personne, de la belle unité que vous êtes, vous voulez faire deux êtres qui se haïssent et se combattent. Vous n'aimez pas votre mari.

— Ça, mon cher, vous n'en savez rien, et d'abord, ça ne vous regarde pas.

— Vous me l'avez fait comprendre, — sans le vouloir d'ailleurs. Vous cherchez à vous dissimuler la vérité. Tout vous pousse à l'amour que vous n'avez pas connu et que vous désirez. Vous aspirez à lui de toutes vos forces. Le printemps est dans votre chair. Mais vous luttez contre lui, sans raison, par le vain scrupule d'une morale qui vous contrarie et que vous n'avez pas choisie. Ignorez-vous donc que tous les actes des êtres sains, beaux et forts sont justes et nécessaires?

— Ah ! j'ai bien tort de vous écouter ainsi ! A l'avenir, je vous ferai interdire ma porte.

Michel regarda à la pendule; six heures et demie ; il n'avait plus qu'une demi-heure à rester avec Thérèse ; le temps le harcelait. Il eut un battement de cœur. Le moment du départ approchait.

Il reprit avec plus de violence encore :

— J'entrerai par la fenêtre, je vous accompagnerai dans toutes les rues, je me déguiserai en mendiant, en vitrier, en capucin pour m'introduire ici. Je laisserai des lettres sur tous vos meubles, je sèmerai des fleurs sur vos pas... Ah ! Thérèse, ne vous préparez pas de regrets ! Souvenez-vous de ce que disait tantôt Arion. La mort est là, derrière nous, elle nous suit à la hâte, — et moins la mort totale qu'il est peut-être sage de ne pas redouter, mais cette mort lente et quotidienne qui nous y prépare, — cette petite mort de chaque heure qui nous enlève un souvenir, nous ajoute une ride, ternit notre teint, durcit nos mains, éteint la vivacité de notre esprit, ralentit nos paroles. Songez que la vie est bien courte et que la vieillesse viendra trop tôt. Il faut embellir le plus possible nos jeunes années, puisqu'il en est encore temps, il faut mettre le plus de joie dans notre existence, ne rien refuser du bonheur. Allez-vous laisser se flétrir vos lèvres sans qu'aucune bouche amoureuse ne les ait baisées? Pourquoi refusez-vous des plaisirs qui donneraient à vos journées plus de beauté et plus d'harmonie? Vous n'avez pas le droit de refuser d'acquérir par l'amour un sens nouveau de la splendeur de l'univers. Écoutez-moi, Thérèse ! Je vous aime. Peut-être y a-t-il en vous une voix que vous ne voulez pas entendre et qui vous dit que vous m'aimez aussi. Ne reculez pas ainsi devant l'intensité de la passion !

Ces paroles prononcées sur un ton fiévreux et bas troublaient-elles Thérèse? Michel se le demandait en la regardant. Elle l'écoutait en silence. Alors il s'interrogea sur ce qu'il ressentait en ce moment-là. Il désirait vivement la séduire par ses phrases, — et c'était moins, peut-être au fond, pour obtenir son amour que pour juger de l'effet de son éloquence. Puis il jeta un coup d'œil sur la pendule. Plus qu'un quart d'heure à rester auprès de Thérèse !

— Puisque ma faible voix est impuissante à vous convaincre, reprit Michel, écoutez la sagesse du divin Ronsard !

Et Deslys, en levant la main vers le lustre dans un geste gracieux, récita le sonnet miraculeux qui commence par ce vers :

Quand vous serez bien vieille, au soir, à la chandelle

— Ai-je été assez fat, cependant, se disait le jeune homme, cinq minutes plus tard, en descendant l'escalier, il n'est pas permis d'afficher une pareille vanité. Mais ça me réussira. Elle finira par donner dans le panneau, cette chère Thérèse ! — Demain j'ai rendez-vous avec Henriette. Ah ! que ma vie est intéressante, tout de même. J'aurais bien tort de la mépriser.

Il faisait frais dans la rue. Michel boutonna son paletot.

IV

Michel, assis sur une pierre blanche, au pied de la colline du Cabot, attendait patiemment Thérèse. Une brise légère agitait derrière lui, avec un bruissement, les cyprès et les roseaux qui surmontaient de leurs quenouilles et de leurs aigrettes un mur de campagne, décroûté et couvert d'humbles pariétaires. Un mince canal bleu coulait de l'autre côté de la route, et une petite fille surveillait deux chèvres maigres qui paissaient l'herbe mouillée.

Michel pensait à son amie. Elle semblait s'incliner vers son amour. Sa hauteur se faisait moins inaccessible aux paroles chuchotées par des lèvres passionnées et fiévreuses. L'indifférence habituelle de son regard s'éclairait d'un vif rayon de joie quand Deslys paraissait au seuil du salon. Elle lui tendait la main d'un mouvement plus spontané et moins machinal. Michel avait enfin obtenu d'elle un rendez-vous. Elle le lui avait donné dans ce coin charmant de la banlieue de Marseille, peu fréquenté à ce moment de l'année. Elle retardait encore ainsi la conclusion logique et brutale de leur tendresse.

Car après avoir longtemps lutté contre la passion du jeune homme, — passion dont elle ne soupçonnait point la complexité, — elle se laissait aller au mirage de cet amour. Les aveux jamais achevés de Michel, ses prières toujours recommencées, ce qu'il lui disait sans cesse de sa mensongère souffrance, tout cela s'était infiltré, goutte à goutte, en elle, avait rongé ses scrupules, le souci de sa vertu, la coutumière indolence de son caractère. Du fond de son indifférence, de son existence oisive, ennuyée, sans but, auprès d'un mari qui ne l'aimait pas, le reflet de l'amour de Deslys s'élevait lentement en elle, montait dans une progression continue qui devait finir par faire de l'affection de Michel le reflet de celle de Thérèse. C'est à ce moment qu'elle se sentit faiblir, qu'elle s'amollit visiblement et qu'elle accepta d'aller se promener dans les belles collines du Cabot.

Il régnait la plus merveilleuse journée du monde. Aucune écume d'argent ne parsemait le ciel qui était de ce bleu foncé qu'on ne voit qu'autour des rivages méditerranéens, — de ce bleu qu'il suffit de contempler pour en avoir un sourire dans l'âme et comme une joie vivante répandue dans tout le corps. Il faisait tiède et doux : le soleil jetait à flots sa lumière, il était facile de vivre.

— Est-ce qu'elle ne va pas bientôt venir ? se demanda Michel pour la dixième fois.

Il se leva et fit quelques pas. Elle débouchait justement au tournant de la route ; elle agita vers lui son ombrelle changeante, violette et rose, et marcha plus vite.

— Bonjour ! dit elle. Je suis tout essoufflée, j'avais peur de vous faire attendre, je cours depuis l'omnibus jusqu'ici...

— Chère Thérèse ! murmurait-il, en lui serrant les mains, chère Thérèse, enfin, vous êtes venue ! Je commençais à désespérer. Oh ! si vous m'aviez manqué de parole, je ne sais pas vraiment ce que je serais devenu... Tenez, je crois, que je me serais jeté dans ce canal !

— Taisez-vous ! Ah ! quel passionné vous faites, Michel !

— Reposez-vous un moment ici, puisque vous êtes fatiguée... Voici des oranges...

Il enleva son paletot et le déposa sur la pierre blanche pour qu'elle pût s'y asseoir. De sa poche, il sortit des oranges parfumées. Ils les mangèrent ensemble. Adorable saveur de ces fruits, tranches juteuses et fondantes, délicieusement fraîches, combien vous ajoutiez de charme à cette heure enivrée de la vie de Michel !

Et tandis que Thérèse essuyait en riant ses doigts humides dans les broderies d'un mouchoir, Deslys passa derrière elle ; et la prenant brusquement dans ses bras, il mêla ses lèvres aux siennes. Long et savoureux baiser ! Sur cette bouche, le parfum de l'orange demeurait, et c'était presque le même fruit encore que le jeune homme goûtait avec fureur jusqu'à l'anéantissement de sa pensée.

Il se releva en vacillant d'une étreinte grisante et douce. Thérèse, presque fâchée, mais rieuse, toute rose et décoiffée, prit son bras en le grondant et ils s'avancèrent sous les pins. La terre était saignante et rouge, et de larges golfes creusés dans le flanc de la colline montraient une chair carminée et douloureuse ; les racines des arbres en saillaient comme des muscles mis à nu.

Les pins, au long des pentes, se mêlaient et se pressaient, soutenant de leurs colonnades un temple de verdure qui remuait avec une rumeur marine.

Les troncs aux écailles grises, rayés d'écorchures pourprées, versaient leur sève, goutte à goutte, par de minces filets de résine scintillante. Des argeiras, buissons épineux et rampants, couverts de fleurs jaunes, accrochaient comme des mains malicieuses Thérèse par le bas de sa robe ; et Michel, alors, agenouillé sur les ramilles, dégrafait les ongles végétaux qui retenaient l'étoffe. Il secouait ensuite en souriant ses doigts déchirés et d'où tombaient de légères perles de sang.

— Oh ! pauvre ami, s'écria Thérèse, c'est pour moi que vous êtes ainsi blessé...

— Regardez, Thérèse, cette terre sanglante, déchirée par son amoureux effort de faire naître d'elle ce peuple puissant et doux de pins, voyez ces arbres qui pleurent leur sève, partout, le soc de l'Amour creuse profondément le monde, je suis heureux de communier par vous avec cette souffrance sacrée !

Ils grimpaient au hasard, négligeant les sentiers tracés, traversant les fourrés, sautant les pierres. Quand un buisson trop épais se présentait, Michel prenait Thérèse dans ses bras et se jetait bravement au milieu des feuilles. Une joie enfantine naissait en eux ; ils avaient envie de courir, de gambader, de rire, dans un retour aux jouissances puériles. Ils se retrouvaient loin du monde et de la société, dans un univers sauvage et jeune, où le printemps allait naître. Ils avaient comme les êtres prématurément mûris de soudaines expansions que la nature, autour d'eux, excitait par son formidable et fécond épanouissement.

— Comme nous sommes gosses ! s'écria Thérèse, en se laissant aller sur un talus, tant elle était fatiguée de monter si vite.

Michel s'assit à ses pieds et rejeta la tête en arrière de manière à la poser sur ses genoux. Il la voyait ainsi de bas en haut, elle se penchait un peu vers lui, ses yeux devenaient son ciel, un azur infini où son âme se perdait, ses cheveux qui voulaient s'échapper des peignes brillaient comme le soleil.

— Ah ! Thérèse, Thérèse ! murmurait-il, noyé de langueur, pris soudain d'une grande lassitude heureuse où il se laissait aller à la dérive. Ce que son amour avait de voluptueux se fondait dans une tendresse pâmée, un sentiment de bonheur mélancolique où l'oubli se faisait sur tout ce qui n'était pas l'heure présente. Chaque chose lui paraissait infiniment chérissable et suave, le ciel devenait une souple tente d'azur destinée à abriter les amours des hommes, il aimait les pins, ces grands frères indulgents et silencieux qui déferlaient leurs feuillages comme des flots, les argeiras qui sculptaient entre les pierres leurs éclatants bas-reliefs d'or, les oiseaux dont on entendait monter vers la nue le chant cristallin et joyeux.

Sa personnalité se gonflait d'autres essences, il palpitait de l'émotion plus totale des êtres et des choses, confondu dans le même hymne ardent ; il se sentait divin.

Thérèse se leva la première.

— Il faut pourtant que nous montions jusqu'au sommet, dit-elle.

Ils reprirent leur charmante ascension. L'air léger caressait leurs visages échauffés. Une immense tendresse faisait humides leurs yeux et languissante leur démarche. A ce moment précis, Michel eut le cœur ému pour Thérèse d'un amour profond, dévoué et certain qui lui semblait prêt à défier le temps. Que cet azur éblouissant, que ces colonnades de pins, ces buissons, ces pentes rousses lui semblaient belles ! Il y avait en lui du bonheur, bonheur tranquille et charmant qui coulait comme l'eau d'une source.

C'est ainsi que les amants arrivèrent au sommet de la colline. La chapelle de Saint-Joseph qui la termine se jetait vers la lumière de tout l'élan de sa forme svelte, élégante et fine. Elle surmontait si naturellement l'énorme socle des pins qu'elle en semblait la conscience même. Il y avait autour d'elle une large esplanade à qui les arbres servaient de balustres.

De là, la vue s'étendait sur toute une riche et féconde contrée. Le poème éternel de la Terre chantait sous l'azur avec tous ses aspects. Michel et Thérèse virent au loin Marseille, prairie énorme de maisons, symbole grandiose et tranquille du travail, de l'effort et de l'humanité pensante. Puis les arabesques de la côte suivaient la mer embrasée qui se confondait avec le ciel et où s'envolaient de blanches voiles. Et de l'autre côté, l'esplanade s'ouvrait sur de profondes vallées aux belles lignes, aux pentes couvertes de pins qui murmuraient la joie du prochain renouveau, l'espoir des palingénésies et des heureuses fécondations. Partout s'étendaient les collines d'abord vertes, puis bleues, puis grises, nonchalantes dans leur pose de femme endormie. Des gouffres d'arbres se creusaient, la terre argi-

leuse saignait entre les racines, ou bien des rocs calcaires couronnaient le sol comme une écume immobile et marine.

Michel et Thérèse se sentirent immensément seuls, en face de l'azur triomphal et serein. Mais la nature ne les écrasait pas ; elle les exaltait, au contraire. Elle était un exemple pacifique. On entendait en elle comme une sourde rumeur ; des bouffées brûlantes montaient de son sein, la sève coulait puissamment sous les écorces, des bourgeons se gonflaient, de jeunes fleurs aux ailes de papillon se ruaient à la vie.

Thérèse fut sans force devant cet épanouissement. L'Amour la pénétrait et l'inondait. Il ne demeurait plus dans sa pensée que l'instinct dominateur, que le simple désir de livrer son corps à l'étreinte de Michel dont la beauté lui semblait maintenant victorieuse.

Et le jeune homme lui parla ; il la prit par la taille et approchant son visage de celui de Thérèse, il lui dit la toute-puissance de l'Amour, l'obscurité de l'âme qui n'a point voulu s'approcher de sa clarté, il célébra les baisers, les communions délicieuses, les rendez-vous, les promenades à deux dans le silence de l'été, et vraiment, à mesure qu'il parlait, il se prenait à son propre enthousiasme, il aimait Thérèse aussi fervemment qu'il le disait, il oubliait Henriette et ses caresses. Il était l'apôtre de sa propre foi. Et Thérèse maintenant restait faible en face de lui, sa volonté lui échappait comme le pollen échappe aux fleurs, le renouveau montait dans ses veines, et sous la grande caresse de la Nature en travail, elle se donnait tout entière, âme et corps, à l'amour changeant et protéen de Michel !

V

Un soir, Henriette, qui revenait de la campagne, rapporta à son amant une branche d'amandier en fleurs. C'était un noir rameau.

comme charbonneux, autour duquel s'épanouissait une écume nacrée d'où s'envolait un doux parfum de miel. Dans la chambre où Michel l'attendait, la jeune femme entra triomphalement, joyeuse messagère du printemps élevant dans sa main la gerbe argentée. Et sa chair avait une odeur adorable de fleurs, une senteur de jeunes foins, d'herbes et de bouquets, comme si on avait écrasé sur ses épaules rondes, sur ses bras lisses et sur ses seins, des poignées de roses et de narcisses.

— Je ne t'ai jamais aimée autant que ce soir, s'écriait Michel, avec délire. Il me semble étreindre la nature, baiser des calices, mordre les fruits nouveaux...

— Ce sont les caresses du printemps que tu aimes sur moi, répondit Henriette en riant.

Michel la regarda soupçonneusement.

— Que veux-tu dire? murmura-t-il.

— Grand fou ! s'écria-t-elle.

Et prenant sur la chaise où elle les avait jetés ses vêtements, l'un après l'autre, elle montra à Michel qu'ils étaient pleins de fraîches corolles. Les manches de son corsage, quand elle les retourna, laissèrent tomber des grappes de freesias. Il y avait des jacinthes froissées dans les plis de ses jupons, du mimosa dans ses poches, des violettes dans ses bas.

— C'est pour toi que je me suis ainsi parfumée, dit-elle en se rejetant dans les bras de Michel, je voulais que tu me prennes pour Flore...

Depuis ce soir-là, Deslys observa la marche de la chaleur, la langueur toujours croissante des crépuscules, l'épanouissement progressif des feuillages. Il sentait en lui-même se développer un être nouveau ; sa pensée bourgeonnait ; il se retrempait dans l'amour, il y puisait des forces, des notions inconnues, le sens étrange des analogies, des rapports qui lient les êtres et les objets, les idées et les choses. Le monde devenait pour lui plus ivant. Il apprit à conduire chaque pensée

à sa conclusion logique ou jusqu'à sa rupture, si elle aboutissait à l'absurde. Il se créa son univers et fut assez maître de sa force pour marquer chaque chose du sceau de sa personnalité.

Sa vie devint passionnément intéressante. C'était l'époque où une légère buée verte entoure les cimes des arbres. Aux coins des rues, des marchandes portaient des paniers débordant de gerbes. Les iris bleus s'y mêlaient aux anémones, les renoncules d'or ou de sang aux freesias voluptueux, calices d'ambre meurtris d'orange et de violet. Une surabondance plus joyeuse animait les rues, partagées d'ombre et de soleil.

Michel était tantôt avec Thérèse et tantôt avec Henriette. Il les aimait également, c'est-à-dire avec ferveur tant qu'elles étaient présentes, et il les oubliait aisément, aussitôt qu'elles le quittaient. Il goûtait plus de tendresse avec Mme Laugier, plus de sensualité avec Mme Jeanselme. Elles étaient pour lui, non pas un but, mais un moyen de rendre son existence pathétique. Il usait beaucoup de temps à alterner ses visites et à combiner ses heures de rendez-vous. Il lui fallait déployer de la diplomatie pour sortir avec l'une de ses maîtresses sans être surpris par l'autre. A vrai dire, il lui était assez indifférent qu'Henriette apprît son intrigue avec Thérèse ; mais celle-ci, passionnément amoureuse de Michel, ne lui aurait point pardonné ce qu'elle aurait appelé une infidélité. Et Deslys évitait les complications inutiles.

Cette sensation de frôler continuellement le danger, d'être toujours dans la crainte d'une surprise donnait à ses heures infiniment de ressort. Il assistait d'ailleurs à sa vie comme à un spectacle étranger. Il se disait avec impatience : « Que va-t-il m'arriver aujourd'hui, que ferais-je demain? » comme on s'interroge, au théâtre, sur la destinée des héros fictifs. En lui, un être agissait, errait en barque, achetait des roses, embrassait Thérèse, s'asseyait sur la marche d'une porte pour attendre Henriette, écrivait des poèmes dans le sable de la plage, — l'autre le regardait avec curiosité, avec sympathie, mais sans passion. Le premier, pour se rendre étonnant aux yeux du second, ne craignait point les étrangetés et les bizarreries ; il s'efforçait chaque jour de donner de lui-même un nouvel aspect ; il s'achevait de ses propres mains, il se sculptait en héros de roman. Cette curiosité de son devenir pouvait conduire Michel à toutes les actions, aux plus belles comme aux pires, aux dévouements absolus comme aux crimes. Quelle peur est capable d'arrêter celui qui se donne un but, sans intérêt personnel, simplement pour savoir s'il saura y atteindre et pour exercer sa volonté ? Aussi, tout en redoutant d'apprendre à Thérèse sa liaison avec Henriette, il gardait une curiosité un peu malicieuse pour le moment où elle serait avertie. Que dirait-elle, et comment lui-même s'en sortirait-il ? Il n'avait en cette occasion aucune pensée de pitié pour ce que Mme Laugier pourrait souffrir. Comme cela est fréquent, il y avait une profonde cruauté sous son optimisme.

Pour recevoir Thérèse, en secret, Michel avait loué dans le quartier d'Endoume une villa d'où l'on voyait la mer. Des coussins, des étoffes, des statuettes, des photographies avaient tout de suite donné à ce logis de rencontre un caractère intime. Deux ou trois fois par semaine, la jeune femme venait y retrouver Michel. Elle arrivait à pied le plus souvent, ayant laissé la voiture ou le tramway aux Catalans. Une épaisse voilette qui semblait une vapeur d'argent solidifiée cachait sa figure ; elle était vêtue presque humblement afin de ne pas attirer l'attention. Deslys, pour occuper les longues heures qu'il passait seul à la villa, s'était mis à la peinture ; et Thérèse le trouvait généralement en train de brosser des marines impressionnistes, des effets de vagues ou de couchers de soleil encombrés de nuages. Ils passaient des heures charmantes dans leur petite maison discrète. Mille baisers n'apaisaient point le désir d'amour qui les troublait. Ils se roulaient comme des chats sur le divan et se jetaient les coussins à la tête. Puis ils trouvaient dans l'apaisement de la chair le repos de leurs esprits et de leurs sens agités. La griserie de vingt bouquets entêtants se mêlait à celle de la volupté. Ils sortaient de leur villa, le soir, brisés et las, adorablement alanguis, la tête lourde et le cœur palpitant, la gorge sèche, mais heureux. Ils s'arrêtaient dans un petit café obscur pour y prendre des boissons glacées et sucer des mandarines. C'était l'heure où sur les blanches maisons d'Endoume, sur les vagues murmurantes, le crépuscule verse une lueur rose qui ne s'éteint que lentement.

Les autres jours, Michel voyait Henriette dans la maison meublée où il l'avait connue la première fois. La même chambre montrait son intérieur anonyme et banal, sa glace verdâtre où tous les visages qui s'y étaient mirés avaient laissé un peu de leurs inerties, son divan dont les crins s'échappaient, son lit qui avait abrité tant de lassitudes ! Mais Michel n'éprouvait aucune tristesse en pénétrant dans la pièce ; la sensualité joyeuse, violente, passionnée d'Henriette l'embellissait. Toute apparence de tendresse ou de sentiment était ici laissée à la porte ; ce qui restait, c'était la fièvre de la chair, le délire, les corps confondus, frénétiques, les baisers égarés, l'immense chevelure noire, versée, répandue sur l'oreiller, roulée dans un naufrage, enlacée au cou comme un beau serpent.

Aucune chatterie, aucune câlinerie ne suivaient ces jeux. Dès qu'ils étaient finis, Michel et Henriette se retrouvaient, chacun chez soi, dans sa vie mystérieuse, personnelle, inconnue. Leurs esprits rentraient dans l'ombre comme la blancheur de leurs corps dans le noir de leurs vêtements. Mais les rires continuaient ; les plaisanteries ne cessaient point ; ils goûtaient alors sur un coin de table de poulpes frits, de moules, de bananes, de babas montés à la hâte des boutiques voisines. Par la fenêtre ouverte, entraient, avec l'air plus frais, une odeur d'ail et de poissonnerie, des bruits de conversation, des cris, des injures, tout un tapage de quartier à demi populaire.

De ces entrevues, Michel sortait, allègre et vif, le cerveau comme rafraîchi aux premiers souffles de la rue. Il se jetait à travers la ville, ivre du besoin de marcher, avide d'espace et de mouvement. Il comprenait alors et il aimait Marseille, sa gaieté bruyante, son agitation, sa fièvre d'argent, de volupté, de commerce. Il parcourait les ports, il assistait aux embarquements, aux débarquements, aux départs des navires vers l'Orient ; les marchandises roulaient sur les quais ensoleillés, les monts de houille alternaient avec les piles de sacs, les amoncellements de poutres. Les hangars regorgeaient. On entendait les cris des sirènes, les sifflets des locomotives. Les charrettes grondaient sur les pavés, le fer jaillissait du sabot des chevaux, les grues grinçaient. Une foule d'hommes allait et venait, avec des clameurs, des ordres, des jurons, des coups de fouets. On pesait des sacs dans une fine poussière blanche qui se mêlait aux rayons du jour. Les chaudières chauffaient.

Du bout de la jetée, Michel assistait au coucher du soleil, ayant, derrière lui, toute la ville enflammée, tumultueuse, avec des façades roses, des cheminées, des globes d'or qui éblouissaient, des vitres en feu, et devant lui, la plainte infinie de la mer, la grande route de l'Orient, mouvante et fluide, qui roulait des métaux en fusion.

Et d'autres jours, Michel visitait les vieux quartiers, les halles, les églises qui sentent la cire et l'encens, les musées ; il voulait s'assimiler tous les aspects ; il ne négligeait ni les bars, ni les bibliothèques ; il passait de longues heures assis à la terrasse d'un café à regarder défiler la foule sur la Cannebière, négociants gras et dominateurs, jolies femmes, officiers pincés dans leur uniforme, étudiants rieurs et qui se bousculaient, camelots hurlant, cireurs de chaussures, Arabes, ouvriers, vieilles courtisanes, marchands de journaux. Et l'odeur de l'absinthe flottait dans l'air, unie à des senteurs de fleurs fraîches, de sueur, de poudre de riz, d'essences de parfumeurs.

Ainsi l'été passa pour Michel. Il fréquenta d'autres femmes, il connut des lèvres de jeunes filles, dans les bosquets odorants des campagnes, près des grenadiers luisants et des pins. Il eut des passions d'une heure, d'un jour, d'une semaine pour des passantes rencontrées et perdues, des courtisanes, des jeunes femmes. Il usa d'admirables soirées à flirter, à errer au clair de lune en jouant le jeu sentimental. Toutes celles qui passèrent dans sa vie lui laissèrent une joie, un plaisir, le sens d'une beauté nouvelle. Mais aucune ne demeura. Et il restait fidèle aux baisers de Thérèse et à ceux d'Henriette.

VI

Vers le milieu de septembre, Michel partit pour un voyage d'un mois en Toscane. Thérèse faisait un séjour assez long en Normandie avec les Svendson. Henriette, seule, restait à Marseille, mais Deslys était tranquille sur son compte, il la savait incapable de demeurer plus de quinze jours sans prendre un nouvel amant. D'ailleurs, à Florence et dans les villes environnantes, il cessa bien vite, lui-même, de penser à ses maîtresses ; d'autres femmes le passionnèrent, il vit de belles courtisanes qui rappelaient les temps de la Renaissance, et à Fiésole, il rencontra une Américaine à la chevelure de lumière qui pleurait devant le soleil couchant, en récitant des sonnets de Baudelaire et de Stéphane Mallarmé. Cinq nuits, il fut son amant, et elle le quitta ensuite, brusquement, sans l'avertir, et sans qu'il sût le but de son nouveau voyage. De douces filles blanches rencontrées dans l'humide campagne, sous de grands peupliers frémissants, fontaines de murmures, le consolèrent sans peine de ce départ. Ainsi, selon ses principes, il donna le plus d'éclat et de poésie possible à son voyage par l'agrément des visages féminins qui y furent mêlés.

A son retour, il retrouva Thérèse toute émue et tremblante de la joie de le revoir. Sa tendresse semblait plus violente d'avoir été refoulée deux mois. Des déceptions, des tristesses avaient dû ébranler sa foi à la vie, car elle dit à Michel :

— Oh ! mon chéri, tu ne sauras jamais ce que tu es pour moi ! Si tu me manquais, j'ignore ce que je deviendrais, je ne vis plus que par toi. Toute mon existence est accrochée à ton amour... Et j'ai bien peur qu'il n'en soit pas ainsi pour toi...

Michel la rassurait avec des paroles émues, et elle mettait alors sa tête contre l'épaule de son amant pour y pleurer tout à son aise, d'on ne savait quel tourment mystérieux.

L'accueil d'Henriette fut bien différent. Elle revit son amant avec la plus parfaite indifférence et ne montra aucun enthousiasme à renouer leurs relations sensuelles. Il eût été facile à Deslys, à ce moment, de la quitter et de faire ainsi cesser ce qui, d'un jour à l'autre, pouvait susciter avec Thérèse une éclatante et douloureuse rupture. Il n'en fit rien. Il y a dans la plus grande partie des actions des hommes un goût de l'absurde qui serait inexplicable si nous ne connaissions notre inconscience naturelle et notre amour de la perversité. A l'heure même où il savait que son amour était toute la vie de Thérèse, Michel, non content de continuer à voir Henriette, l'invita à venir se promener avec lui au parc Borély, un jour où Mme Laugier devait aller à Tamaris.

Les torches de l'été avaient consumé les feuillages ; ils se mordoraient comme s'ils conservaient dans leurs nervures et dans leurs fibres les rayons extrêmes du soleil. L'automne reparaissait dans la ville. Des brumes étendues comme des nappes de lin cherchaient à dissimuler sa venue, mais les feuilles d'ocre ou de sang coagulé qui tachaient les perspectives arborescentes attestaient irréparablement sa présence.

Après avoir franchi le pont sur l'Huveaune, Michel et Henriette prirent de suite un chemin flétri, sous de grands arbres qui se clairsemaient. Le sol se tapissait déjà de feuilles mortes, et les pas des promeneurs faisaient entendre en les froissant un retentissement douloureux et profond. Ces dépouilles, crispées et craquantes du bel été roulaient le long des pentes, et l'Huveaune en charriait des brassées avec son eau lente qui se traînait dans une ombre trouée de flèches de soleil.

Dans cette époque de décomposition et de refonte où la nature jette impitoyablement à l'oubli tout son passé, Deslys ne sentait que sa force et que sa jeunesse. Aucune pensée funèbre n'accompagnait pour lui cette chute presque immatérielle des feuilles ; aucun retour sur lui-même, aucune peur de la mort. Le ravage des jardins, l'apitoiement des choses n'avaient point de prises sur cet organisme harmonieux, robuste et tranquille. Il dominait de toute sa conscience d'homme le désastre des éléments.

Les amants traversèrent le jardin botanique et ce bosquet de magnolias étincelants que divinise une Artémis de bronze. Sur un banc vert, la nuque chatouillée par de fines branches, un jeune homme maigre et d'humble figure causait avec une femme aux yeux clairs sous une épaisse chevelure brune. Il lui avait pris la main, et toute son attitude disait la profonde et respectueuse tendresse de sa dévotion amoureuse.

— Ont-ils l'air assez sentimentaux, murmura Henriette à l'oreille de Michel, sont-ils ridicules !

— Tu crois que nous n'avons pas un peu cet air-là, hein? répondit Deslys en riant.

Ils s'engagèrent dans une étroite allée couverte où, les soirs frissonnants d'été, chantent délicieusement les rossignols. Les fins rameaux, verts et roux, treillissaient le ciel dont leurs arabesques encadraient des coins étincelants ; et cela faisait au-dessus de la tête des promeneurs une voûte mosaïcale où des morceaux de lapis-lazuli s'enchâssaient entre des pierres, du jaspe et des agates.

— Ah ! ça, mon cher, reprit Henriette, qui trouvait un malin plaisir à étaler dans sa réalité la nature de ses relations avec Deslys, si tu t'imagines par hasard qu'il y a quelque sentimentalité dans nos rapports... Tu n'as pas l'air de te douter que je n'apprécie de toi que des qualités physiques que je trouverai aussi bien chez un écuyer de cirque ou un garçon boulanger...

Mais Michel n'était plus assez épris pour que son amour soit excité par la conscience d'un avilissement. Il répondit en faisant la grimace :

— Ne crois pas que je me fasse des illusions ; je constate simplement que la distinction que tu viens d'établir d'une façon si flatteuse pour moi n'est pas inscrite sur nos physionomies et que par conséquent...

Henriette ne le laissa pas achever. Elle n'avait pas écouté sa réponse, et il lui restait encore pas mal de choses à dire sur un sujet aussi entraînant.

— Mais, mon cher, je t'avoue franchement que si tu mourrais, je te pleurerais, le premier jour, mais que le second, je t'oublierais et je chercherais un autre amant...

Michel compara ces phrases égoïstes, cruelles et sèches aux protestations passionnées de la tendre Thérèse ; ce rapprochement le fit sourire. Il regarda sa maîtresse ; elle avait l'œil animé, les lèvres humides, le teint suavement rosé. Il suivit sous les étoffes les lignes de ce beau corps tant de fois étreint. Il lui prit le bras.

— Je te désire, lui dit-il à l'oreille, tu ne saurais croire à quel point, en ce moment, je te désire... J'ai faim et soif de ta chair, de ta bouche, de tes seins...

Il lui parlait bas, collé contre elle, la main passée sous son coude. Il lui frôlait les cheveux de ses lèvres. Mais comme il levait la tête, il vit s'avancer vers eux une femme élégante et jeune.

Elle était encore assez loin... Et Michel tout à coup eut une brusque épouvante et un grand désordre dans l'esprit ; elle ressemblait à Thérèse... Quelle folie ! Mme Laugier était à Tamaris, ce jour-là. La promeneuse continuait à marcher ; elle s'arrêta soudain, comme terrifiée. Michel la reconnut bien alors, il ne s'était pas trompé ; c'était elle. Il eut le sentiment de quelqu'un qui vient de tomber dans l'eau et qui se dit : « J'y suis, il faut absolument que j'en sorte. » Son cœur battait, il restait calme et froid en apparence. Il était aussi très intrigué de savoir ce qui allait arriver ; c'était une anxiété qui devenait une curiosité perverse. Il s'était éloigné d'Henriette d'un mouvement brusque et machinal. Thérèse s'était remise à marcher. Il vit alors qu'il n'arriverait rien, il respira, il eut une impression de calme et de bien-être. Mme Laugier passa à côté de lui. Il la salua, en homme du monde, d'un coup de chapeau impassible et correct. Mme Laugier pencha imperceptiblement sa figure très pâle, Henriette s'inclina.

— Ouf ! pensa Michel, c'est fini ! Tout de même, elle peut se vanter de m'avoir fait une fière peur...

Comme il avait la passion de ratiociner et de chercher aux motifs les plus imprévus une raison précise, il continua :

— Mais pourquoi a-t-elle passé par ici? Ce n'est pas naturel. Elle doit savoir quelque chose... L'aurait-on avertie? Mais qui? Serait.

ce cette rosse d'Henriette? Elle en est bien capable pour se débarrasser de moi...

Il se souvint à temps que Thérèse avait des amis à Bonneveine, qu'elle allait les voir, très souvent ; elle traversait pour cela le parc Borély ; elle avait même dit à Deslys qu'elle aimait, au retour, prendre ce petit chemin couvert dont elle goûtait l'ombre et la fraîcheur.

— Ce n'est que le hasard, se dit-il.

Il ajouta :

— Il n'y a pas de hasard, tout est logique et bien ordonné. Le hasard n'est pas une raison. C'est une absurdité d'y croire. Thérèse a passé par ici parce qu'elle devait le faire. C'était fatal. Il fallait que tôt ou tard elle me surprît avec Henriette.

Il s'en voulut alors de son imprudence. Ne pouvait-il quitter cette femme, à son retour, quand il avait vu le peu de place qu'ils tenaient dans la vie de l'un de l'autre? Puis ce fut contre Henriette elle-même qu'il enragea. Il se sentit au cœur un grand amour pour Thérèse, il souhaita la revoir, l'avoir encore auprès de lui avec sa tête sur son épaule et ses cheveux sous sa bouche, il l'aimait profondément, il n'aimait qu'elle, et voici qu'elle l'avait vu avec une autre femme, et que tout était fini. Il fut désespéré. Une lourde tristesse pesa sur lui. Mais revenant à sa cause, il fut étonné de la disproportion qu'il y avait entre son excès et son origine. L'espoir revint ; il eut une nouvelle vision de l'avenir ; il raconterait un mensonge à Thérèse, elle le croirait sans peine. Il se rassura.

Ils avaient quitté la petite allée couverte. Ils se retrouvaient en face des pelouses, dans l'inondation du soleil. La grande lumière descendait en nappes sur les vertes herbes tachées d'or, glaçait les feuilles brillantes, incendiait les sous-bois.

— Cette femme que nous avons rencontrée tout à l'heure, c'est ta maîtresse, hein, demanda soudain Henriette.

— Non, dit tranquillement Michel.

— Oh ! tu sais, il ne faut pas me la faire, à moi ! Une femme ne se trompe pas à ces choses-là. Rien que la tête que tu as faite et la sienne...

— Je te dis que ce n'est pas ma maîtresse !

— Mais qu'est-ce que cela peut bien te faire de me l'avouer. Tu penses que je ne vais pas être jalouse. Je sais que cela ne t'engage à rien, tes relations avec moi, si tu crois que je me suis gênée de prendre d'autres amants !

Michel fut sur le point de se fâcher. Étranges complications de notre nature ! A ce moment où il était furieux contre Henriette, où il savait qu'il ne l'aimait point et qu'elle ne l'aimait pas non plus, il souffrit de jalousie à la pensée de ses amants. Mais il s'entêta dans sa dénégation. Il prit un air bonhomme et confiant pour dire :

— Tu comprends que ça me serait bien égal de te raconter que j'ai une maîtresse, pourtant, je ne peux pas l'inventer pour le plaisir de te le faire croire... Voyons, réfléchis... Eh bien, je t'assure qu'elle n'est pas ma maîtresse.

— Alors votre tête?

— Ma chère, c'est une femme à qui je fais la cour.. Nous avons été un peu gênés de nous rencontrer ici, voilà tout.

Il y eut un silence. Michel chercha les raisons de sa négation obstinée. C'était purement instinctif, un simple sentiment de pudeur l'avait empêché d'avouer la vérité.

En retournant, ils parlèrent d'autre chose.

— Il va falloir maintenant que j'invente tout un roman pour expliquer la présence d'Henriette à mon bras, se disait Michel en rentrant chez lui.

VII

C'était Thérèse qui de coutume fixait à son amant la date et l'heure de leur rendez-vous. Pendant toute la semaine qui suivit la rencontre au parc Borély, Michel voulut se persuader que la jeune femme allait lui écrire. Elle n'en fit rien. Il ne put réussir à s'en étonner. Il combina alors son plan de conduite. Il en imagina plusieurs qu'il rejeta, les uns après les autres. La fumée de sa cigarette s'envolait avec ses pensées. Son chat ronronnait dans un fauteuil. Le soir venait sur ses réflexions, trouble et changeant comme elles, et se décomposait lentement.

Michel se décida enfin à écrire à sa maîtresse. Il lui exprima le grand étonnement qu'il ressentait de son silence. Il craignait qu'elle fût malade. Il finissait sa missive par ces mots :

« Je ne veux point croire que vous vous soyez fâchée de me rencontrer, l'autre jour, avec ma cousine, qui est, en ce moment, de passage à Marseille. Je vous sais trop intelligente et trop fine pour cela. Je regrette que des circonstances où ma volonté n'a rien à voir ne m'aient pas permis de vous présenter l'une à l'autre, car vous vous seriez appréciées, j'en suis sûr. »

La réponse ne se fit pas trop attendre. Elle ne portait que ceci :

« A Endoume, mardi à quatre heures. »

Michel, satisfait de sa diplomatie, se frotta les mains et se sourit avec sympathie en se regardant dans la glace.

Connaissant les habitudes d'inexactitude sévère de Thérèse, Deslys, le jour fixé pour le rendez-vous, emporta avec lui une pile de revues qu'il lut patiemment en attendant son amie. Elle n'arriva d'ailleurs qu'avec un retard d'une heure et demie. La chambre et le salon étaient pleins de fleurs, et partout les yeux se réjouissaient de voir, dans des urnes de cristal noir, la fête mélancolique des chrysanthèmes aux couleurs passées et aux formes désespérément alanguies. Le ciel, nuageux et plombé, prolongeait son morne désert jusqu'aux limites de l'horizon. Un air brûlant et lourd entrait par les fenêtres

ouvertes. On entendait le choc des vagues écroulées sur la côte, les cris des enfants qui jouaient dans les rues, le roulement lointain des tramways de la Corniche.

Quand Thérèse parut, Michel comprit que l'affaire n'était pas encore aussi bien finie qu'il se plaisait à le croire. Mme Laugier s'était uniformément vêtue de noir, comme si elle portait le deuil allégorique de quelque chose ou de quelqu'un d'intérieur, d'inoubliable et de secret.

Elle dit lentement, et sans relever sur ses yeux les grèves de ses longues paupières d'albâtre, cette phrase évidemment composée en chemin :

— Je suis venue pour avoir avec vous une dernière explication, car vous comprenez bien qu'après ce qui s'est passé...

Michel l'interrompit pour s'écrier, avec une feinte surprise :

— Quoi donc ? vous m'effrayez, chère Thérèse... J'ignore absolument ce qui s'est passé...

— Comment avez-vous le courage de mentir ainsi ? N'était-ce pas assez déjà de m'infliger le douloureux affront...

— Si elle a encore beaucoup de phrases dans ce style-là à prononcer, pensa Michel, je ne vais certainement pas m'amuser...

Il coupa de nouveau la période à effet de Thérèse :

— Mais je n'y suis pas, chère amie, je vous assure. Vous parlez par énigmes, soyez donc plus claire...

Mme Laugier releva la tête brusquement, et un air de menace et de défi parut dans ses yeux que durcissait à ce moment le froncement de ses sourcils.

— Et cette femme que vous promeniez à votre bras ?

— C'est cela, ce n'est que cela, s'écria Deslys, avec une joie bien étudiée, ah ! chère amie, que je suis heureux ! Vous commenciez vraiment à m'inquiéter. Vous étiez jalouse ? Voilà la raison de votre silence. Je ne m'en doutais guère, je vous assure. Eh bien, tranquillisez-vous. J'ai oublié, je crois, de vous le dire dans ma lettre, cette femme qui vous a troublée, c'est ma cousine Marthe, vous savez bien, celle qui habite Hambourg, celle...

Thérèse prit sa revanche des nombreuses interruptions de Michel :

— Si. Vous me l'avez écrit. Mais, je ne l'ai pas cru.

— Vous ne l'avez... Ah! bien, elle est raide, celle-là !

— Me prenez-vous donc pour une imbécile, cria Mme Laugier. (Michel ne put se retenir de faire un geste qui signifiait : « Loin de moi une telle pensée ! ») Croyez-vous que je ne sache rien voir et que je me trompe à d'aussi grossiers mensonges? Mais toute votre attitude l'avouait, que cette femme est votre maîtresse ! Ne serait-ce que ce geste que vous avez eu en me voyant pour vous éloigner d'elle.

Michel pensait :

— Puisqu'elle est venue ici, elle pense bien qu'elle se trompe. Elle ne demande évidemment que d'être rassurée.

Alors il s'écria, en paraissant suffoquer d'indignation et d'étonnement :

— Ma maîtresse? cette femme, une parente avec qui j'ai passé mon enfance, que je considère presque comme ma sœur ! A quoi pensez-vous, Thérèse? Vous devriez être honteuse d'avoir de telles idées?

Thérèse ricanait.

— Pourquoi donc ne m'avez-vous pas dit qu'elle était ici, cette cousine?

— Parce qu'elle ne voulait voir personne, n'ayant que peu de jours à passer à Marseille. Or, si vous l'aviez su, comme vous avez toutes deux de communes connaissances, vous auriez pu étourdiment parler du voyage de Marthe.

— Et qui sont ces connaissances?

— Voyons, Thérèse, vous le savez aussi bien que moi, les Lavy, les Oronge...

Ce petit détail *vrai* ébranla la croyance jalouse de Mme Laugier. Elle connaissait

justement par ces amies l'existence de la parente de Michel qui habitait réellement Hambourg. D'ailleurs, elle ne demandait qu'à croire au récit de son amant. Deslys le comprit et jugea que c'était le moment de jouer le grand jeu. Il se rapprocha de Thérèse et prit ses mains dans les siennes.

— Ma chère, ma douce Thérèse, ma bien-aimée, commença-t-il, comment avez-vous pu croire que je vous trompais, comment avez-vous eu la cruauté d'une pensée aussi dure, aussi imméritée, aussi injuste? Ne savez-vous donc pas combien je vous aime, combien toute ma vie est attachée à la vôtre? Il n'y a de bonheur pour moi que lorsque je suis à vos côtés, que lorsque je sens dans mes mains la moiteur des vôtres, que lorsque j'ai ma tête lourde sur votre épaule molle et tiède. Je ne me sens content de moi qu'au moment où je vous regarde, où j'ai mes lèvres dans les vôtres, ma pensée avec votre pensée. Loin de vous, je suis amer, orgueilleux et désespéré. A vos pieds, je trouve tout ce que la vie m'a si longtemps refusé...

Les soupçons de Thérèse s'en allaient comme des chardons jetés au fil d'une rivière. Michel paraissait si sincère, si épris, si confiant ! D'ailleurs, il l'était à cet instant-là. Il sentait profondément tout ce qu'il disait ; ses paroles créaient sa conviction. Et leur excessive sentimentalité rongeait les doutes de Mme Laugier, comme l'eau de la mer ronge les falaises. Un mot les acheva.

— D'ailleurs, Thérèse, n'as-tu pas remarqué ma ressemblance avec ma cousine? Tout le monde prétend qu'elle est frappante.

Ce détail extravagant rendit à Thérèse toute sa confiance. Ces petits faits, que l'on ne croit pas pouvoir inventer, rendent le mensonge semblable à la vérité. Michel ne s'était point trompé en usant de ce tour, Thérèse se jeta dans ses bras en sanglotant.

— Cher aimé, pardonne-moi mes pensées ! Mais si tu savais ce que j'ai souffert quand je t'ai rencontré au bras de cette femme ! Il m'a semblé que j'avais tout à coup un trou dans le cœur et que tout mon sang s'en allait, se vidait par là, avec mon courage, avec ma force, avec ma vie !

Ils scellèrent joyeusement leur réconciliation. Une fois encore, Michel oublia ses ruses et la complication de ses sentiments pour vibrer d'un grand frisson d'amour violent dans les bras de Thérèse.

Ils se rhabillèrent silencieusement. En nouant, devant la glace, sa cravate noire, Michel pensa tout à coup :

— Si elle savait la vérité, hein !

Il sourit à l'image que cela lui évoquait. Il y avait songé sans y attacher d'importance, avec ces habitudes d'ironie qui ne le quittaient point. Cette petite idée errante qu'il avait recueillie et réchauffée, comme le serpent de la Fable, devint bientôt dominatrice : Michel eut la bizarre tentation d'avouer à Thérèse sa liaison avec Henriette. Il chassa ce désir avec colère, car il avait peur de lui. Il connaissait sur son esprit l'attrait du nouveau, de l'imprévu, et surtout de l'absurde. Il chantonna pour ne pas s'entendre penser. Thérèse se recoiffait. Michel alla mettre un baiser sur ses épaules nacrées. Elle frissonna et lui tendit ses lèvres. Il s'acquitta correctement de cette formalité.

De nouveau, il fut tenté de parler avec franchise. Ce n'était certes point la satisfaction de dire la vérité qui l'attirait, mais une étrange perversité, le besoin de faire une action dangereuse et de voir ce qui arriverait, le goût du risque, — ce désir qui nous pousse, quand nous avons le vertige et que nous marchons près d'un précipice, à passer sur le bord, tout près du vide, plus près encore, jusqu'à ce que nous ayons l'abîme à notre côté et que le moindre faux pas puisse nous y jeter.

Il parut soudain à Michel que cette pensée devenait une chose vivante, un être réel qui régnait sur lui comme un despote. Il reconnut que les idées seules ont de la force, et qu'elles nous font agir comme des divinités mystérieuses.

Thérèse était très lente à se rhabiller. Elle se plaisait à rôder dans la chambre, en jupon court et en corset. Ces flâneries énervaient généralement Michel. A ce moment, la jeune femme se baissa pour boutonner ses bottines. Elle se penchait en avant, assise sur une chaise, les jupes un peu relevées, tentante comme un beau fruit. Deslys la désira soudain et s'éloigna d'elle pour ne pas être tenté de rejeter une fois encore ses étoffes. Mais sa volonté tendue contre le sursaut physique ne lui permit pas de réagir contre l'autre désir, celui de la perversité morale. Il lui sembla qu'il pourrait dire en badinant et comme une plaisanterie :

— Je vous ai menti, Thérèse, cette femme était ma maîtresse...

Et pour voir la forme nouvelle de son destin, il la prononça tout haut cette terrible phrase, mais au lieu de la figure plaisante et gaie qu'il voulait avoir pour qu'elle ne la crût pas entièrement, il prit une face grave et sévère et une voix si sérieuse qu'aucun doute, après son passage, n'était permis.

Il y eut une seconde effroyable d'anxiété latente, pareille à celles qui suivent un éclair trop flamboyant et trop proche, avant qu'éclate le tonnerre. Michel fut effrayé. Il ne voulait pas pourtant aller si loin dans le tragique, il s'était leurré lui-même. Et maintenant il sentait passer sur lui l'irréparable. Il n'osait pas bouger ; il regardait fixement devant lui comme un homme atteint de la foudre.

Thérèse avait dressé la tête. Ces paroles l'avaient frappée comme des mots vides de sens, — ou plutôt, comme une phrase de langue étrangère qu'il fallait traduire. Elle y réfléchit, mais dans son âme le sens redoutable, qu'elle avait vaguement entrevu et repoussé comme une folie, apparut à son intelligence, avec une clarté brutale. Elle eut l'impression d'un monde qui retomberait sur sa vie ; elle roula sur le canapé en sanglotant. Elle ne dit pas un mot. Elle pleura longuement, affreusement, désespérément, comme une toute petite fille qui a du chagrin, comme une enfant à qui on a cassé sa poupée.

Michel restait effaré de son œuvre. Pourquoi avait-il parlé? Quel besoin insensé l'avait saisi de briser ainsi son bonheur?

— Nous sommes les victimes de l'inconscient, pensa-t-il en manière d'excuse. Il s'approcha de Mme Laugier. Il la regarda avec terreur et mélancolie. Il regrettait maintenant ce beau corps si jeune et si frais, abandonné sous ses caresses, et l'asile sûr, le havre tiède et bienveillant de cet amour.

— Thérèse, murmura-t-il.

Elle pleurait toujours, elle ne l'entendit point.

— Thérèse, dit-il plus haut.

Elle ne releva pas la tête. Le rythme des larmes secouait spasmodiquement ses étincelantes épaules.

— Thérèse ! cria-t-il.

Et sa main effleura le bras nu de la jeune femme. Elle eut un mouvement de honte et de fureur en se voyant encore déshabillée devant cet homme hésitant. Elle courut au hasard dans la chambre, comme une folle. Elle passa à la hâte sa jupe noire et son corsage, elle mit maladroitement son chapeau. Elle saisit d'une main qui tremblait son ombrelle, son collet, ses gants, elle s'élança vers la porte.

— Thérèse, pardonnez-moi, balbutia Michel en étendant les mains vers elle.

— Ne me touchez pas, s'écria-t-elle d'une voix rauque.

Éperdue et fiévreuse, elle s'enfuit dans la rue rose.

Et Michel restait immobile, hagard et terrifié, devant ce carré ouvert sur la mer scintillante et les nuages d'agate, devant ce rectangle aveuglant par où venait de disparaître son bonheur qu'il avait chassé avec l'inconscience de quelqu'un qui a pressé du doigt un bouton inconnu et fait naître, sans le vouloir, une catastrophe.

VIII

Un mois passa. Michel ne se pardonnait pas d'avoir compromis son bonheur. Le regret de tant de belles heures enivrées, passées auprès de Mme Laugier, demeurait en lui, âcre et vivant. A la longue même et dans la fatigue de l'absence, il déformait la nature de ses sentiments pour Thérèse. Il en embellissait le souvenir. L'inaction usant sa force, il regrettait désespérément sa maîtresse ; les petits détails médiocres, qui accompagnent toute expérience humaine, s'effaçaient dans sa mémoire pour n'y plus laisser subsister qu'une vision agréable et riche en émotion esthétique. Pour la première fois, une chose passée lui paraissait plus vivante que celles qui étaient présentes. A vrai dire, rien de bien charmant n'était auprès de lui. Ce remords d'avoir brisé sa joie et stupidement blessé une femme qui l'aimait lui laissait une sourde amertume ; le dégoût se mêlait à toutes ses actions. Il était pareil à ces malades à qui un mauvais estomac empêche d'apprécier l'univers. Il passait de longues heures chez lui, crispé et morne, ne s'inquiétant que de haïr le ciel opaque et dur qui couvrait la ville et les pluies d'automne qui pleuraient dans les rues, comme des mendiantes sans abri. Ni ses livres dont il voyait de son fauteuil les souples et belles reliures, ni ses amis, ni les courtisanes ne le tentaient. Comme il avait coutume d'exagérer, il se déclarait que sa vie était insupportable sans Thérèse, et qu'à tout prix, il lui fallait la revoir.

Pourtant, il continuait à visiter Henriette. Cet amour était devenu une habitude ; il s'en occupait aussi machinalement que de manger et de boire. C'était comme une amitié plus intime que les autres, et à laquelle on ne réfléchit plus. Il y trouvait d'ailleurs un plaisir toujours nouveau et de voluptueuses satisfactions qui le consolaient un peu de son ennui. Mme Jeanselme, elle-même, abandonnée par son dernier amant, était revenue à Michel avec plus de passion ; et une harmonie, forte comme un vice, naissait entre eux de leur dédain commun du sentiment et de l'accord de leurs sensibilités usées et affinées.

Mais quand il avait quitté Henriette et qu'il allait tuer quelques heures au café, Michel se désolait muettement d'avoir perdu celle qu'il commençait à appeler son Eurydice.

— Évidemment, disait-il, Orphée a agi comme moi. Il était assuré que s'il retournait la tête, il perdrait son amante. Ce n'est donc point pour la voir plus vite, comme on l'a cru, qu'il a agi ainsi. Non, il a voulu savoir si c'était bien vrai, tenter la destinée ; aller jusqu'au bord du danger et se retirer ensuite. Il n'en a pas eu le temps. Au fond, on ignore toujours pourquoi l'on commet de telles actions. Elles n'ont pas d'explication raisonnable ; c'est le plaisir d'agir directement contre ses intérêts et de se perdre. Quel vertige ! Commettre un acte dont on se repentira toute sa vie et que rien n'amène !

Puis il se rappelait mélancoliquement Thérèse, il voulait entendre encore les inflexions câlines de sa voix, ses éclats de rire légers et fous. Il prêtait l'oreille... Hélas ! c'était un habitué du café qui parlait très haut à la caissière, c'était une petite cuiller qui tintait contre un plateau, c'était le bruit sec des dominos rabattus sur le marbre d'une table. Alors il voulait encore la voir. Il fermait les yeux. La ligne douce de ses bras allait-elle lui apparaître ? Allait-il retrouver ces yeux caressants et clairs, ce teint rose et duveteux où le soleil allumait un imperceptible pollen d'or et ce divin sourire qui s'ouvrait sur des dents brillantes, comme les lèvres rouges du crépuscule s'écartent pour laisser passer le scintillement des étoiles ? Rien encore. Un vieux monsieur accrochait à la patère son chapeau et son pardessus, un jeune homme entrait en riant, une femme arrangeait sa voilette devant une glace, en élevant les deux bras, comme les anses d'une amphore... Michel se comparait à des héros romantiques et rentrait dans sa chambre silencieuse.

Une semaine encore s'écoula. Deslys devint sentimental. Il alla rôder sous les fenêtres de Mme Laugier, sur le cours Pierre-Puget, quand l'ombre remplit les branches à demi dépouillées des platanes et les fait croire encore feuillues. Il assistait à l'éclosion des becs de gaz. Il guettait les femmes qui passaient et sonnaient aux portes. De temps en temps, il pensait :

— Je sens que je me montre médiocre, je ferais mieux de m'en aller.

Mais il s'obstinait à rester.

Le plus remarquable, c'est qu'il fut aperçu, un jour, par Hippolyte Laugier qui courut à lui et l'accabla de ses amitiés démonstratives.

— Cher ami, qu'êtes-vous devenu ? Pourquoi n'êtes-vous plus venu nous voir ? lui demandait-il avec empressement.

— J'ai fait un assez long voyage, balbutiait Michel, j'ai eu beaucoup à travailler, mon père a été malade...

— Il doit être en bonne fortune, pensait Laugier en montant son escalier, il a paru gêné de me voir. Il doit attendre une femme.

— Il ne se plaindra pas que mon absence soit sans raison, se disait Deslys pendant ce temps. Entre nous, je crois même lui en avoir trop donné. Il ne faut pas abuser des excuses. Cela les démonétise.

Un matin, en se levant, Michel ne put résister au désir de revoir Thérèse. Il lui adressa ces quelques mots :

« Ma chère amie. La vie sans vous n'est pas tenable. Je n'existe plus, j'agonise. J'ai agi comme un insensé. Il faut que je vous explique ma conduite. Je suis sûr que vous me pardonnerez. Sinon, que la Méditerranée roule mon cadavre ! — Accordez-moi d'aller chez vous, samedi, à quatre heures. »

La lettre n'eut pas de réponse. Michel craignait qu'elle lui fût renvoyée sans être ouverte. Il se réjouit. A force de s'exciter, il finissait réellement par s'éprendre avec violence de Mme Laugier. Il la désirait furieusement dans l'usure de sa volonté. Il se sentait prêt à commettre des folies pour qu'elle lui revienne.

Thérèse, de son côté, avait mené depuis la trahison de Michel une vie misérable et désespérée. Elle avait d'abord songé à se tuer ; elle ne l'avait pas fait, parce que le suicide manque de poésie et qu'il n'est plus intéressant depuis que tant de Juliettes brunisseuses ou blanchisseuses l'ont employé. D'ailleurs, elle appartenait à une famille où cette façon de prendre congé n'est pas estimée. Puis il y avait encore en elle la splendide lâcheté de la vie qui ne veut pas abdiquer et l'espoir inavoué, mais vivace, de revoir son amant. Elle était faible et de ces femmes qui pardonnent. Elle souffrit infiniment, et comme il sied, ce fut son mari qui en supporta les conséquences. Il n'y eut pas de scènes qu'elle ne lui fit. Lui, avec son inaltérable patience, faisait le gros dos, comme un chien que l'on va battre, et laissait passer l'orage. Quand elle avait fini, il reprenait son air joyeux et satisfait de soi-même. Il se brossait minutieusement et s'en allait. Cette tranquillité exaspéra Thérèse ; elle se lassa d'un exercice aussi ingrat.

Les premiers jours de la rupture, elle s'était dit : « Si je revois ce misérable Michel, je sais bien que je ne pourrais pas me retenir de le tuer. » Mais son âme douce répugnait à ces violences. Cette attitude cessa bientôt de lui paraître nécessaire. Huit jours après, elle ne rêvait plus que de le défigurer. Puis elle pensa : « Qu'il essaye de revenir me voir, il trouvera ma porte bien fermée ! » Déjà, elle

admettait qu'il pût revenir ; c'était un progrès. « Ah ! qu'il revienne, se disait-elle, une semaine encore écoulée, il sera bien reçu ! Ah ! comme je saurai bien me venger. Les pires injures, je les lui prodiguerai. Je veux le voir trembler devant ma colère... » Mais elle pensa qu'il ne reviendrait sans doute jamais ; et cette perspective l'atterra. Elle s'en étonna beaucoup, car elle n'était pas très forte en psychologie, la pauvre enfant. Elle reconnut qu'elle l'aimait encore. Elle croyait naïvement le haïr.

— Après ce qu'il m'a fait, comment puis-je l'aimer ?

Elle n'avait que plus de passion pour lui. Elle ignorait que l'on s'attache par ce qu'on a souffert, et que cet esprit optimiste, changeant et toujours satisfait qui s'oppose à la souffrance s'oppose aussi à l'affection. Dans le néant, dans la grotte obscure de sa vie, ce qui lui sembla le plus terrible, ce fut la pensée d'un avenir sans la présence de Michel. Elle vit les années qui s'avançaient vers elle, comme de mornes cours d'hôpital où jamais un rayon de soleil ou un éclat de rire ne viennent réchauffer la lente promenade des malades. Dans ce regret, sa chair avait une part qu'elle ne s'avouait point. Le souvenir des joies goûtées persistait depuis l'éveil de sa sensualité. Si les raisons de sentiment entrent pour beaucoup dans la naissance de l'amour, elles n'y ont plus de place quand on recommence une vie amoureuse que l'on croyait terminée. Thérèse, sevrée des caresses de Michel et brûlante de leur désir, oubliait l'affront et ses souffrances pour souhaiter le même bonheur. Un travail de reconstitution et de renouvellement, dont elle ne se doutait point, se faisait en elle. Son être intime acceptait mystérieusement la défaillance. Mais sa pensée continuait à se persuader que tout était bien fini. Quand elle reçut la lettre de Michel, Thérèse eut un bizarre sentiment de joie et de fureur ; elle s'avoua la fureur ; elle se cacha la joie ; celle-ci n'en fut que plus ardente.

— Je vais lui écrire qu'il ne vienne pas, je ne veux plus rien avoir de commun avec lui, déclara-t-elle, avec la vigueur d'une jeune fille refusant une lettre d'un jeune homme qui ne lui plaît point. Elle trouva qu'il était préférable de faire interdire sa porte. Mais le résultat réel de ses résolutions fut celui-ci : le samedi désigné, elle attendait Michel, impatiemment, avec des battements de cœur et la crainte qu'il ne vienne pas.

Elle reçut Michel dans le grand salon officiel et non dans son boudoir. L'épaisseur des rideaux arrêtait le jour déjà crépusculaire, et l'on n'y voyait presque plus. Quand Deslys parut, Thérèse prit une figure indignée de son audace. Elle l'était, en effet, maintenant qu'il était là. Elle ne redoutait plus qu'il ne vînt pas. Elle pouvait le détester à son aise, et le lui montrer et le lui dire, et lui reprocher sa honteuse conduite.

Michel comptait aller à elle d'un seul trait et se jeter à ses pieds. L'abondance des poufs et des tabourets qui encombraient le tapis lui fit rater son entrée. Il fut obligé d'obliquer à droite, à gauche, pour éviter les écueils. Il ralentit sa marche, et cela donna à Thérèse le temps de se lever. Deslys la regarda avec inquiétude. Il n'était pas tranquille sur les suites de l'aventure. Qu'allait-elle faire? Il lui avait écrit dans une crise de passion et sans beaucoup y réfléchir. Mais il ignorait sur quel terrain il s'engageait.

— Du moment qu'elle m'a attendu, pensa-t-il, c'est qu'elle m'aime encore. Je peux parler.

Il commença :

— Thérèse, je suis indigne de paraître devant vous, je le sais. Je vous ai odieusement outragée, je vous ai misérablement trompée. Mais mon amour est ma seule excuse. Je n'ai pu accepter la pensée de vivre sans vous. Je n'ai pas voulu, non plus, vous laisser sur un souvenir aussi injuste et aussi cruel.

Quelque coupable que je sois, je le suis moins que vous le croyez. Il faut que je vous explique mon caractère et ma vie. Laissez-moi parler. Vous serez libre ensuite, si vous le voulez, de m'abandonner à la tristesse et à la mort.

Silencieusement, Thérèse désigna un siège à Michel qui commença à parler en ces termes

— J'ai toujours aimé les femmes. Je me souviens que tout enfant, j'étais déjà perpétuellement amoureux. Je ne me plaisais qu'avec de petites filles, et les jeux les moins amusants me semblaient exquis auprès d'elles. Je n'ai pas changé. J'ai quitté l'adolescence avec la pensée qu'il faut rendre la vie digne d'être vécue, c'est-à-dire, continuellement changeante, passionnée et renouvelée et que l'on doit donner à toute chose son maximum d'intensité, sa deuxième puissance. Ayant en horreur ce qui est terne, gris et monotone, je désirais que chacune de mes journées fût particulièrement belle et qu'un signe éclatant la rendît, dans mon souvenir, différente des autres. C'est alors que j'ai vu le charme réel et la véritable splendeur des femmes. Il suffisait que l'une d'elles, aimable et jeune, soit près de moi, pour que tout en devienne plus agréable et plus beau. Son regard, en se posant sur moi, m'enivrait comme l'odeur du moût ou la vue d'un couchant sur la mer. Une étrange atmosphère amoureuse et romanesque m'entourait ; rien ne restait banal et triste. Toute une vie s'écoulait pour moi, en quelques heures, avec une pensée originale où je ne reconnaissais plus la mienne, des paysages nouveaux, des sentiments paroxysés. Le bonheur était là, pour moi, je pouvais le toucher en étendant la main. Une nymphe en robe claire se tenait assise devant mes yeux ; je n'avais plus aucun désir de m'en aller, je serais resté des mois, me semblait-il, sans me lasser de cette compagnie. Toucher sa robe de mon front, baiser sa lèvre, dénouer le bouquet gorgonien de sa chevelure, rêver sur son épaule, voilà les joies que m'offrait mon imagination. Près de l'une, je rêvais une lente et fidèle affection, des dévouements sans cesse renaissants, le bonheur dans l'oubli de soi-même ; près de l'autre, des amours fougueuses et cruelles, achevées dans la souffrance, dans le sang et dans la mort. J'ai connu toutes les formes de l'amour, la luxure la plus effrénée, et la sentimentalité la plus discrète et la plus délicate, l'amitié amoureuse, et ces émotions fugitives de tendresse, d'admiration, de pitié, qui n'ont de nom exact dans aucune langue et qu'aucune chimie psychologique ne peut analyser. Chaque femme était pour moi un nouveau roman. Par les unes, j'ai goûté les satisfactions de la vie mondaine, le luxe exquis des salons, les fenêtres ouvertes à la fin des bals, les caresses sous les draperies, les danses maniérées, les flirts spirituels et délicieux ; par les autres, j'ai connu la saveur de la vie rustique, les poèmes des moissons, les ivresses du matin dans les collines où les pins frémissent, les rudes siestes au pied des meules, la sensation d'être jeune, robuste et fort, en marchant au soleil ou dans le vent, le long des petits sentiers rougis de mûres ou sur les prairies rases où craquent sous les pas les pousses des luzernes coupées. Que de jardins ruisselants et penchés, sous un amas de roses, où j'aurais promené, si j'avais été seul, une pensée indécise et flottante, comme le brouillard sur les étangs, sont devenus pour moi les plus inoubliables et les plus sacrés des lieux de la terre, parce qu'une femme à mon bras s'y appuyait ! Cette présence a poétisé des coins de ville, des rues, sans cela boueuses ou noires, mes voyages à l'étranger, des magasins, des chambres d'auberge, une loge dans un théâtre, une barque dans un port, un verger, une église, une plage, un casino. Je m'héroïsais à mes propres yeux, la vie me paraissait adorable et superbe, je voyais partout la divinité agissante par qui se déroulent les dessins de la brise sur le cours des fleuves

et sur la chevelure des femmes, par qui mûrissent les corps et les fruits, par qui s'étreignent les êtres et se renouvellent les cellules. Mais avec un tel caractère, Thérèse, comment aurais-je pu être fidèle ? Je regardais une femme, je l'aimais, je le lui disais, j'étais sincère, je me serais jeté à la mer sur un geste d'elle, je goûtais dans sa société des sensations inouïes d'intensité. Mais le lendemain, j'en voyais une autre, autrement belle, et j'étais encore sincère en lui avouant ma passion. Je n'ai pas voulu de spécialisations, ni de limites. Il me semblait que refuser, au nom d'un vain assemblage de lettres, une forme de la vie serait un péché contre elle. Avais-je le droit de ne pas tout savourer de l'univers ? Élire une femme et ne plus la quitter, cela me paraissait me condamner à manger, toute ma vie, le même fruit, à respirer l'odeur de la même fleur, à habiter la même ville. Je n'ai pas voulu me cloîtrer. Jusqu'ici, les femmes n'étaient pour moi qu'un moyen de rendre la vie plus belle.

Thérèse, qui, durant ce long discours, avait plusieurs fois donné les signes de la plus vive impatience, s'écria alors avec indignation :

— Quoi, monsieur, espérez-vous vous faire pardonner votre conduite en m'avouant une pareille honte ! Vos doctrines m'écœurent !

— Oh ! Thérèse, je n'ai pas de doctrine. Je prends la peine de m'expliquer, non pas celle de faire un cours. D'ailleurs, laissez-moi continuer. La fin de ma harangue vous satisfera mieux, j'imagine.

« Quand je vous ai retrouvée, Thérèse, j'avais une maîtresse. Aussitôt que je vous ai vue, je vous ai aimée. Est-ce ma faute, si en rejoignant cette femme, j'ai subi si violemment son charme que je n'ai pas osé la quitter ? Je n'ai été coupable, en gardant deux passions en même temps, que d'obéir à mon caractère et de rester en harmonie avec moi-même. Je ne vous ai pas trompée, puisque je vous ai aimée. Mais pouvais-je vous expliquer que vous n'étiez pas l'unique adorée? Et d'ailleurs, m'eussiez-vous compris? Quand vous m'avez surpris, j'ai voulu tout vous cacher. Mais j'ai eu honte de ce mensonge. J'ai préféré vous dire la vérité. N'est-ce pas la plus grande preuve d'amour sincère que je pouvais vous donner? Maintenant je suis revenu vers vous, Thérèse, parce que mon caractère s'est modifié. Avant de vous avoir perdue, je n'avais pas souffert ; ma continuelle joie était ma raison d'être. La souf-. france m'a élevé dans la hiérarchie de l'amour Naguère, la présence d'une femme, quelle qu'elle fût, suffisait à mon plaisir ; naguère toutes m'offraient le même intérêt. Aujour d'hui, je ne suis plus heureux qu'auprès de vous, Thérèse ; loin de vous, je suis désespéré. Aujourd'hui, je vois la vie sous un autre aspect. Les autres femmes ne sont plus rien, vous la seule remplissez mes journées. Vous êtes devenue tout pour moi. Aujourd'hui, je viens vous dire : « Je vous aime, réellement et profondément, car vous m'avez appris à aimer. »

Ayant ainsi parlé, Deslys se laissa glisser aux genoux de Mme Laugier et lui dit :

— Thérèse, pardonnez-moi. J'ai bien souffert. Aimons-nous encore.

Mme Laugier sentit toute la gravité de la situation ; elle ne voulut pas s'y montrer inférieure.

— Nous avons bien souffert, l'un et l'autre. Vous avez été bien coupable, Michel. Puis-je résister à votre repentir? Aimons-nous encore, mon ami. Mais avant, promettez-moi cependant de ne plus revoir cette femme...

Michel s'écria avec feu :

— Comment pourrais-je le faire après ce qui s'est passé? Je ne l'ai plus vue depuis le jour où vous m'avez quitté et je ne la verrai jamais plus !

Et c'est ainsi que Thérèse accepta de reprendre sa vie amoureuse, avec plus de sensualité et moins d'illusions, parce qu'elle avait déjà trente-deux ans, parce qu'elle ne se sentait pas le courage de faire deux fois le même rêve, et surtout parce qu'elle gardait un heureux souvenir des plaisirs que lui avait appris son amant.

En quittant Thérèse, Michel se disait :

— J'ai un peu menti, à la fin. Tout au moins j'ai exagéré. Je crois être toujours le même. Il est vrai que je tiens à elle plus qu'aux autres, puisqu'en somme, j'ai été très attristé de la perdre et que je lui suis revenu. Mais de là à ne tenir qu'à elle !...

Il ajouta :

— Il n'y a pas à se le dissimuler, je me suis emballé. Je pense même avoir cru tout ce que je lui disais. Quelle perfidie il y a dans cette atmosphère des salons, ces odeurs moites de femmes et de robes qui demeurent accrochées à tous les fauteuils, ce petit jour, cette bonne tiédeur... L'air frais de la soirée me dégrise.

Le marbre noir de la nuit était veiné par les sillons de feu des réverbères. Le vent murmurait mélodieusement dans les jonchées bruissantes de feuilles mortes. Les platanes se plaignaient. Des femmes passaient. Et Michel Deslys, en se souvenant de ses amies, souriait à la vie avec une joyeuse tendresse.

Marseille. — Mars-Juin 1900.

La visite au comte Viccoli

J'arrivai à Pise à la fin d'une journée orageuse. Rien ne saurait dépeindre la tristesse qui m'envahit, quand, dans l'ombre brûlante et lacérée d'éclairs, je vis, sous les lézardes du ciel, apparaître, puis disparaître presque aussitôt le Dôme, le Campanile et le Baptistère, étrangement livides, au milieu d'une place funèbre. Je foulais aux pieds une herbe humide et longue. Et livré à moi-même, je ne pouvais que m'abandonner au désespoir où me laissait la mort de Carlotta.

Je n'étais jamais venu à Pise avec elle, mais elle m'avait souvent parlé de cette ville où elle avait passé, me disait-elle, plusieurs années de son enfance. Elle en gardait d'ailleurs un souvenir mélancolique. Son père y était mort, dans des circonstances tragiques sur lesquelles elle n'aimait guère à s'appesantir. C'était à Pise qu'elle avait commencé de mener cette vie misérable dont elle avait tant souffert et qui ne se termina que le jour où le grand poète italien, Lorenzo Fumagalli, découvrit dans un infâme petit théâtre de Naples celle qui allait devenir sa meilleure interprète.

En marchant au hasard, sous les premières gouttes d'eau qui s'écrasaient sur le sol, je me représentais à la fois l'étroit visage de Carlotta et les pâles figures nobles et jeunes dont Benozzo Gozzoli a couvert les murs de ce Campo-Santo que je devais revoir le lendemain ! Que de fois n'avais-je pas reconnu ma maîtresse dans l'une ou l'autre des femmes qui nouent, sur les vieilles fresques à demi mortes, des guirlandes si vivantes encore ! Que de fois ne lui avais-je pas montré cette jeune fille au profil délicat, au front bombé, à l'air fier et sensible, qui, dans *l'Ivresse de Noé* verse une corbeille de raisins dans la cuve où danse un vendangeur, ou cette mère, qui, dans *la Malédiction de Cham*, tourne vers un enfant bouffi et boudeur une tête pure et dont on voit la large tempe, le maxillaire aminci et la nuque flexible !

— Te reconnais-tu, Carlotta? lui disais-je alors. Tu es sortie un jour du Campo-Santo pour être Phèdre, Juliette ou Danaé, mais tu y rentreras mystérieusement. Quand tu seras morte, les voyageurs s'apercevront avec stupeur qu'une figure de plus se sera glissée au milieu des autres, dans la féerie presque éteinte de *l'Ivresse de Noé* ou de *la Tour de Babel*.

Elle aimait m'entendre prononcer de telles paroles. Mes divagations la faisaient souvent sourire. Et quand je parlais ainsi, elle sortait pour quelques instants de la mélancolie, dans laquelle vers la fin de sa vie elle passait ses jours.

Je n'ai jamais su si elle prévoyait sa fin prochaine ou si les souvenirs amers de sa jeunesse finissaient par lui corrompre l'âme, à mesure qu'en s'en éloignant, comme nous le faisons tous, elle pensait davantage à eux ; mais cette tristesse qui écrasait Carlotta me devenait à la longue intolérable. Nous nous disputions souvent là-dessus ; je lui en voulais de ne pas savoir la rendre plus heureuse et elle ne me pardonnait ni mon intolérance à l'égard de son humeur, ni les questions dont je la harcelais pour en connaître la cause.

Hélas, en ce moment, errant dans une ville déserte où l'averse redoublait, que n'eussé-je donné pour que Carlotta m'accordât une heure de sa vie, — même la plus désolée même la plus taciturne !

**

Le lendemain, dans la matinée, je me remis à parcourir Pise. Un brouillard fin voilait les contours des choses. Les nuages, bas et lourds, augmentaient l'impression que je ressentais d'être enfermé dans un monde opaque, irrespirable et sans issue. Je suivis le Lung'Arno. Le fleuve roulait quelque chose qui ne ressemblait pas à l'eau ; c'était une matière compacte, visqueuse, couleur de bile, une glaise fluide et mouvante contre laquelle, au lieu de la pénétrer, se heurtait le regard. Pas un bateau, pas un pêcheur. Des palais délabrés et peints équilibraient les quais déserts. Je songeais à la vie que dut mener lord Byron dans cette ville solitaire, au bouillonnement d'énergie inutile qui gonflait alors son cœur. J'essayais de me le représenter, avec son masque d'archange, sortant d'un club, et sa claudication, errant sur ces mêmes dalles usées où sonnaient mes pas. Les plus vastes projets s'ébauchaient en lui. Le long de cette eau massive, qui chemine tout d'un bloc, il suivait une ombre formidable et qui l'entraînait en avant : sa propre gloire !

Mais moi, je ne promenais en ces lieux célèbres que la faiblesse de mes regrets. En songeant au héros de Missolonghi, j'avais presque honte de ma médiocrité. J'aurais voulu secouer mes souvenirs et, comme un sanglier attaqué, faire tête à la vie.

Hélas ! le rire de Carlotta tintait encore à mes oreilles, j'entendais ce léger froissement de l'air, ce veloutement des mots, dont le timbre italien de sa voix enveloppait toutes ses paroles, comme si elles fussent à demi enfermées dans un plumage d'oiseau, tandis qu'elles volaient jusqu'à moi ; et des larmes me venaient aux yeux...

Je pénétrai dans le Campo-Santo dans cet état où il nous semble qu'on soit écorché vif et que les souffles mêmes de la brise avivent notre plaie. J'y trouvai d'abord un certain repos ; la vue de cet enclos, dont la terre est plus saine qu'ailleurs, de ces rosiers qui y croissent avec la douce insouciance des choses naturelles, de ce quadrilatère aux arcs doubles, que surmonte une bulle paisible, me donna une telle impression de paix que je me détendis, mais un peu comme un malade, qui a lutté plusieurs jours contre la fièvre, soupire d'aise en acceptant son lit de repos.

Mais cette trêve ne dura pas ; j'errai mornement devant de tristes figures de pierre, qui se suivent le long du corridor oriental, et je finis par me trouver devant le mur où le *Triomphe de la mort* est inscrit. Jamais le contraste des élégants seigneurs, qui poussent leurs chevaux devant les cercueils ouverts et de ces cercueils eux-mêmes ne m'avait paru plus cruel ; ni plus repoussant le spectacle du triple état de la décomposition. L'oiseau à la queue fuselée qui va rendre visite aux momies, la chèvre, le lapin et le chevreuil, qui leur tiennent compagnie, ne me consolaient pas d'avoir subi cette vision. Malgré moi, à ces trois formes hideuses, j'associais l'image si belle de Carlotta, et je ne me sentais pas assez fort pour lutter contre la hantise de ces rapprochements funèbres.

Au bout d'un quart d'heure, je n'eus plus le courage d'aller, vers le mur d'en face, admirer la féerie éternellement renaissante des fresques de Benozzo Gozzoli ; je craignais trop ces ressemblances, dont le charme avait été une des causes initiales de mon amour pour la Peraldi, et je quittai le Campo-Santo, — malgré qu'un rayon de soleil, épais comme du miel liquide, coulât sur les murailles et dessinât à l'intérieur des corridors l'ombre gracieuse des arcs, — pour regagner en hâte l'hôtel *Nettuno*, où j'étais descendu.

*
* *

J'avais une lettre d'introduction pour le comte Giuseppe Viccoli. Il devait m'adresser à un archéologue de sa famille chez qui je trouverais certains documents nécessaires à mes travaux.

Je voulais, en effet, dans l'espoir de me rattacher à l'existence commune, m'atteler de nouveau à des recherches ingrates où s'était consumée une partie de ma jeunesse. Mais alors je me dévouais à elles par amour sincère de la science ; aujourd'hui, il n'en était plus de même. Que m'importait d'ajouter quelques notions de plus ou de moins à cet énorme amas de connaissances vaines qui pèse sur la science des hommes ! Si j'étais tenté d'interroger de nouveau les entrailles fumantes de la terre, comme nos ancêtres faisaient celles des victimes choisies, je me souciais peu de leurs secrets. Mais il semblait que seules pourraient me convenir les occupations qui me rapprocheraient de la mort ; et que creuser le sol, m'enfoncer dans une poussière faite de myriades de vies anéanties, écorcher les fondements d'une cité inconnue, relever l'emplacement de ses galeries, dénuder des mosaïques et parfois, arracher à l'oubli un torse d'or presque palpitant, un ventre comme soulevé par la respiration d'une ombre, et les rendre à la lumière avide, ce serait me rapprocher de Carlotta Peraldi, et à travers cet immense espace muet où les morts semblent réunis, émouvoir ces antennes insaisissables que le trépas leur laisse peut-être et grâce auxquelles leur cendre a encore un tressaillement, quand notre pensée descend le plus profondément vers eux.

Une partie de ma vie prochaine dépendait donc de la manière dont m'accueillerait le cousin du comte Viccoli, qui seul était à même de m'indiquer l'emplacement exact de certaines fouilles que je voulais entreprendre.

A trois heures, je me présentai chez le comte Viccoli. Il habitait, *piazza dei Cavalieri*, un ancien *palazzo*, dont la façade était décorée d'ornements en camaïeu, dans le goût de la Renaissance, et de bustes romains placés dans des niches. La partie inférieure des volets était légèrement soulevée. Je sonnai longtemps sans obtenir de réponse. Un marchand de fruits ambulant vint me regarder avec curiosité, comme s'il fallait être un excentrique pour frapper à cette porte inhospitalière.

Enfin parut un valet qui paraissait avoir cent ans. Des cheveux blancs, en désordre, tombaient sur un front bas. Une paupière rouge, à demi rabattue, fermait presque l'un de ses yeux. Il était vêtu d'une livrée bizarre, extrêmement usée et poussiéreuse, et qu'il avait revêtue en hâte, car le collet s'en relevait maladroitement sur la nuque.

Il regarda longtemps ma lettre, hésitant à la porter au comte Viccoli, qui, disait-il, ne recevait personne. Sur mes instances il finit par se décider.

Après une assez longue attente, je fus introduit dans un salon très vaste, obscurci par des rideaux trop épais. Un homme qui me parut prématurément vieilli vint à ma rencontre. Sa figure était à la fois ardente et rusée ; de longues rides verticales rayaient ses joues creuses ; il avait des cheveux gris et encore épais qui se relevaient en touffes deci, de-là, la lèvre rasée, des yeux clairs tantôt éteints et tantôt pleins de feu. Je remarquai le tremblement sénile de ses mains osseuses.

Le plafond peint et le pavé de mosaïques montraient les mêmes divinités marines, fouettées d'écume et d'azur, entourées de sirènes, de tritonnes et de néréides. Les fauteuils, rangés le long des murs, ne devaient jamais être dérangés. Entre les fenêtres à pesants lambrequins, dorés et drapés de damas rouge, des consoles de bois tortueux ou de fer forgé portaient des bustes d'empereurs, en porphyre ou en marbre, arrogants, durs et sensuels. Au fond, une niche, où des réseaux de plomb entouraient une Amphitrite qui versait de l'eau dans une vasque.

Je frissonnai, tant cet intérieur était glacé.

— Les amis du prince Silvacanna sont les miens, me dit le comte Viccoli, après avoir déplacé pour moi un de ses fauteuils, qui parut offensé de cet outrage et craqua sourdement quand je me confiai à lui. D'ailleurs, votre nom ne m'est pas inconnu, monsieur Lauzereau. Il intéresse quiconque, de près ou de loin, s'est intéressé à l'archéologie, et j'ai eu certaines velléités d'avoir cette manie-là. Elle se respire, n'est-ce pas, monsieur, avec l'air de l'Italie ! Je vous donnerai une lettre pour mon cousin. Il y a dix ans que je ne l'ai revu, mais je sais qu'il ne m'a pas oublié. Nous échangeons encore des lettres au jour de l'an. Depuis bien longtemps, je vis tout seul, monsieur, rien au monde ne m'intéresse ni ne m'attire, — je veux dire presque rien...

Il se tut un moment, puis il reprit :

— Vous habitez Paris? Je vous envie. Pour nous autres, étrangers, il n'y a pas de plus grand plaisir que de vivre à Paris. Et cependant, je préfère aujourd'hui la désolation de mon existence ici à tout ce que Paris, Rome et Londres, réunis pourraient m'offrir de plus brillant... Mais pendant de longues heures inoccupées que je passe ici, je songe souvent à votre capitale. On me dit qu'elle a beaucoup changé, que le bruit y est intolérable, que l'abondance des automobiles rend la circulation odieuse. Si c'est vrai, j'aime autant m'en tenir à ce que j'ai connu autrefois. Pensez, monsieur, que j'ai eu un appartement rue de Rivoli ! De là, je voyais les Tuileries et les bâtiments du Louvre : j'habitais presque sous les toits ! Il me semblait respirer un air plus vivant qu'aucun autre, un air chargé de gloire et de génie. Tant d'événements se sont déroulés dans votre ville, tant de figures illustres y ont passé ! J'avais des amis qui m'étaient chers, le prince Silvacanna, la mar-

quise de Savignac, qui est morte aujourd'hui. Mme Louis Hernauët, qui est folle, et tant d'autres.... Que tout cela est loin !

Le comte Viccoli soupira, puis se levant brusquement :

— Tenez, monsieur, il vaut mieux que j'écrive la lettre que vous me demandez. Venez avec moi...

Il me fit traverser deux ou trois salons énormes, pareillement solennels, austères et glacés, avant de m'introduire dans sa chambre, qui était une cellule monacale, mais la seule pièce qui contînt de quoi écrire. Sur le bureau, à côté du *Corriere della Sera* et de la *Stampa*, je vis un numéro du *Figaro* ; je le pris machinalement : il datait de dix ans ! Je n'osai demander au comte Viccoli pourquoi il le gardait.

Tandis que mon hôte écrivait, avec un méchant porte-plume de deux sous qu'il trempait à même la bouteille d'encre, je me tournai vers son simple lit de fer, et soudain, je vis en face de moi, pendu au-dessus de lui, un grand portrait de Carlotta !

***

Je le regardai avec une surprise et une émotion qui me rompaient les jambes. Ce portrait était si ressemblant qu'il me semblait voir Carlotta sortir du cadre, me sourire, et de ce geste, qui fut célèbre, repousser d'un seul côté ses cheveux en arrière, en faisant glisser sa paume le long de la tempe. Je demeurais immobile, les yeux fixés sur cette effigie, quand le comte Viccoli tourna la tête pour me demander un renseignement et remarqua le bouleversement subit de ma physionomie. Aussitôt soupçonneux, il s'écria :

— Vous connaissez Carlotta Peraldi?

— Je l'ai beaucoup admirée quand elle jouait la *Danaé*, de Lorenzo Fumagalli, *Phèdre* ou la *Dame aux Camélias*. J'ai soupé avec elle, deux ou trois fois, chez des amis. C'est tout...

Je balbutiais...

— Vous connaissez Carlotta Peraldi, répéta le comte, d'une voix rêveuse et contrainte. Quand l'avez-vous vue? Où? Chez qui? Dites! Dites! Qu'est-elle devenue? Dans quel pays habite-t-elle? Avez-vous eu récemment de ses nouvelles?

Le comte Viccoli me regardait avec insistance ; ses questions me troublaient. Se pouvait-il, me disais-je, qu'il ignorât encore la mort de Carlotta? Cela semblait inimaginable! Et cependant comment l'eût-il apprise, puisque moi seul avais conduit la Peraldi à sa dernière demeure, dans ce petit cimetière de Montreux, qui est tout chargé de poésie, et puisque je n'avais avisé personne de sa mort?

Je fus contraint de répondre que j'ignorais tout de la comédienne, qu'elle avait quitté Paris depuis longtemps, et que ces amis qui la connaissaient ne me parlaient jamais d'elle.

Le comte Viccoli étouffait du besoin de parler d'elle :

— Vous avez connu Carlotta Peraldi ! Ah ! *signore* ! pendant quatre ans, elle a vécu ici-même, dans ce palais! Vous ne pouvez savoir ce qu'elle était pour moi : elle a tenu toute ma vie dans ses mains ! Quand on l'a vue seulement sur la scène ou dans le monde on ignore tout d'elle ; oui, même dans *Phèdre*, dans *Roméo et Juliette*, dans *Hedda Gabler*, elle ne se donnait pas entièrement... Mais à l'homme qu'elle aimait ! Toutes les femmes en une, monsieur, toutes les passions, toutes les tendresses, toutes les révoltes, toutes les cruautés, toutes les douceurs ! Et si intelligente ! Quand on disait devant elle quelque chose de subtil ou d'ambigu, vite un coup d'œil, elle vousavait compris ! Et si belle...

Ici, le comte Viccoli se tut, évoquant des images que son silence et sa dernière parole imposaient à mes yeux ; je m'en voulais de les recevoir de lui, et je me complaisais dans cette évocation, avec l'atroce pensée que ces lignes, ces modelés, ces carnations, que nous revoyions ensemble ne formaient plus, dans un coin perdu du monde, qu'un tas de boue épouvantable !

— Elle m'a aimé aussi, reprit enfin mon hôte. Quatre ans, je crois. N'est-ce pas le chiffre que je vous ai dit tantôt? Mais peut-être est-ce moins. Ma mémoire est devenue très confuse... Carlotta avait quitté le théâtre à cause de moi. Puis elle est partie sans laisser d'adresse. Le théâtre l'avait reprise. Un jour, longtemps après, elle a cessé de m'écrire. J'ai su ensuite qu'elle avait de nouveau abandonné la scène. Pour qui? Pourquoi? J'ai perdu sa trace... Cette femme, monsieur, avant de l'obtenir, je l'ai poursuivie pendant huit ans, de ville en ville, de Rome à Saint-Pétersbourg et de Saint-Pétersbourg à Paris. Ce fut là qu'elle consentit enfin à m'écouter. En sortant de la Porte Saint-Martin où elle donnait une série de représentations, elle vint souper avec moi. Je la menai dans un restaurant, qui était célèbre alors et qui a peut-être disparu ; il s'appelait, je crois, le café Anglais. On était aux derniers jours de mai. A la fin du repas, brusquement, elle consentit à me suivre. Ai-je été, ce jour-là, plus éloquent que de coutume, fut-elle touchée par ma constance et par ma tendresse, était-elle lasse de la vie qu'elle menait? Je ne l'ai jamais su. Je ne sais qu'une chose, c'est qu'elle a habité ici avec moi, seule avec moi. Cinq ans, monsieur, j'ai connu le bonheur ! J'étais comme un enfant qui ne saurait pas le mal, j'étais comme un dévot qui vivrait avec Dieu ! L'entendre, la regarder, la voir aller et venir, s'habiller, se déshabiller, se coiffer, c'était une ivresse sans nom... Et puis, elle est partie ! Ah ! monsieur, j'ai cru mourir ! Je criais de douleur parfois comme une bête, j'allais rôder au bord de l'Arno ! Je n'ai pas eu le courage de m'y jeter... Un jour, j'ai reçu une lettre d'elle. Elle me demandait pardon, me remerciait de ces années d'oubli que je lui avais données et me promettait de revenir. Elle me disait en terminant : « Je ne saurai demeurer longtemps tranquille. Laissez-moi errer encore un peu de-ci, de-là, je vous reviendrai sûrement. » Et je l'attends depuis lors. Je ne pense qu'à elle, je vis enfoncé dans son souvenir, mais je sais qu'elle ne m'a pas menti et qu'un soir, mystérieusement, on sonnera à ma porte et que ce sera elle... Ah ! ce jour-là, monsieur !...

Le comte Viccoli n'en dit pas plus long ; ses yeux étincelèrent, un reflet de cette joie future passa sur son visage et le transfigura. Puis il retomba dans le silence.

Pendant cette confession, des gouttes de sueur perlaient à mon front. L'idée que le comte Viccoli avait aimé la même femme que moi m'accablait d'une stupeur sans bornes, mais d'une stupeur douloureuse et vindicative. Une jalousie obscure et vaine me tourmentait, j'avais envie de crier haineusement à mon hôte que je l'avais trompé, trompé sans arrêt avec Carlotta, et en même temps, je n'étais pas bien sûr que ce ne fût pas lui qui m'eût trompé avec elle.

La pensée que Carlotta m'avait caché sa liaison avec le comte m'était odieuse ; que de mensonges ses récits n'avaient-ils pas dû contenir ! Ce soupçon diminuait momentanément mes regrets et mon chagrin ; ils étaient d'autant plus pénibles que Carlotta n'était plus là pour se disculper. En même temps, je sentais la dérision qu'il y a à avoir vis-à-vis d'une morte les mêmes sentiments injustes, arbitraires et démesurés, que l'on éprouve pour une vivante.

Bien que détestant Viccoli, je ressentais à son égard une pitié ironique. Ainsi depuis tant de mois, la Carlotta Peraldi se dispersait, atome par atome, cellule à cellule, dans un coin gras du cimetière de Montreux, et cet homme l'attendait, l'attendait infatigablement !

J'avais envie de rire en le regardant et envie de pleurer. Cependant la vue de sa bouche, de ses mains, de ses yeux m'était intolérable, me faisait mal dans toutes mes fibres, comme s'il venait de me ravir Carlotta, ou comme s'il se dégageait, à la minute même, de l'étreinte de ses bras. Il me fallait me forcer à la revoir sur son lit de mort, pour que je ne fisse pas un éclat ridicule. Mais imagine-t-on deux hommes se battant pour une femme qui n'est plus que poussière ?

Tandis que je m'abandonnais ainsi à mes réflexions, le comte Viccoli ouvrit la porte placée dans le fond de sa chambre.

— Voyez ! me dit-il simplement.

C'était une sorte de petit musée ridicule et touchant ; tout ce qui avait appartenu à Carlotta, tout ce qu'elle avait laissé en s'enfuyant, je l'aperçus avec gêne et chagrin. Une armoire, dont les battants restaient ouverts, montrait des robes, des robes étranges, d'intérieur ou du soir, somptueuses, légères, tissées dans une toile d'araignée ou coupées dans la chasuble d'un cardinal. Des souliers de ville ou de théâtre, des pantoufles cambrées, des socques, enfin, c'était partout un amoncellement de vêtements et d'objets intimes sur lesquels je ne jetais les yeux qu'avec respect et terreur.

— Elle retrouvera tout ce qui lui a appartenu, dit Viccoli.

Et comme nous rentrions dans sa chambre, il ajouta :

— Et si je vous montrais ses lettres !

J'eus alors soudain un désir impérieux, frénétique, de les lire. Je voulais savoir ce que Carlotta avait écrit à Viccoli, si elle lui avait dit ce qu'elle me disait, à moi, si elle l'avait aimé comme moi, si elle lui avait menti et si c'était visible dans ses paroles.

Je demandai donc à mon hôte de me montrer quelques-unes de ses lettres ; cette demande était si imprévue que, quelque perdu qu'il fût dans son rêve, il m'envisagea avec stupeur. Pour faire accepter mon audace, je le flattai indirectement, je lui vantai ce que j'avais pu démêler, dans mes rares rencontres avec Carlotta, de son intelligence, de son cœur, de l'élévation de ses sentiments.

— Je l'ai tant admirée, concluai-je, que je ne demande qu'une nouvelle occasion, que vous allez m'offrir, de l'admirer davantage !

Il parut hésiter et réfléchir, mais sa passion était trop forte pour qu'il eût le loisir de contrôler ses actes. Il me ramena lentement dans la pièce où j'avais été introduit et se dirigea vers un secrétaire vénitien que je n'avais pas remarqué tout d'abord. Ayant ouvert un de ses deux battants, lesquels étaient doublés de vieilles glaces au tain écaillé, il sortit d'un tiroir une liasse de lettres si fréquemment relues qu'elles semblaient usées. Il dénoua la faveur qui liait le paquet et m'en tendit quelques-unes, au hasard. Je les pris avec piété, il me semblait que j'assistais à une exhumation de Carlotta, à quelque cérémonie funèbre, d'une solennelle, précise et cruelle horreur !

Mes yeux erraient sur ces papiers à peine jaunis où je reconnaissais la haute écriture allongée de Carlotta, je lisais les lignes suivantes :

« Non, non, mon cher amour, je ne retrouverai nulle part quelqu'un qui me donne ce que vous m'avez donné. Je souffre chaque jour davantage de la résolution que j'ai prise et sur laquelle cependant je ne peux pas revenir. Malgré le bonheur que je vous dois, je n'ai pas le courage de retourner à Pise. La vie que j'y ai menée auprès de vous était trop inactive pour ma jeunesse, j'ai encore besoin d'émotions, de fièvre, d'applaudissements, j'aime le théâtre, ses succès, ses trahisons, ses conflits, son atmosphère de fard, de poussière et d'artifice. Et que de fois, cependant, le soir, mon cher amour, quand je rentre dans quelque hôtel misérable, les membres brisés, le cœur vide, écœurée et lasse, il faut bien du courage pour

ne pas tout abandonner et voler dans vos bras ! »

Je tournai quelques feuillets :

« Ah ! Giuseppe, c'est presque malgré moi que ma pensée vole vers vous ! Je me croyais plus forte que cela ! Eh bien, non, je suis faible, désolément faible ! J'ai besoin de vous, de votre courage, de vos caresses passionnées. Je rêve le plus souvent que je dors dans vos bras, et je me réveille, le visage inondé de larmes, sentant tout le poids de ma solitude ! Pourquoi me dites-vous que je ne vous aime plus, que je ne vous ai jamais aimé ? Vous ne savez pas, vous ne pouvez pas savoir de quelles contradictions une femme est faite, — et surtout moi qui ai subi tant d'influences diverses ! Au fond, vous jugez l'amour comme s'il comptait seul au monde. Mais pour moi, il n'est pas tout, et c'est pour cela que, vous aimant et pleurant de vous avoir quitté, je n'en continue pas moins ma route ! Et puis, quand on aime, a-t-on besoin de voir sans cesse qui on aime ? Moi, *mio caro Guiseppe*, c'est de loin que j'aime encore le mieux ! »

Les lettres que Carlotta m'avaient écrites ne différaient guère de celles-là. Elle me jurait cependant qu'elle n'avait aimé personne avant moi. M'avait-elle menti ou mentait-elle au comte Viccoli ? Je ressentais à la fois une sourde rancœur, une jalousie envenimée et une certaine indifférence pour cette rancœur et pour cette jalousie. Je haïssais l'Italien et j'éprouvais à son égard je ne sais quel sentiment de fraternité misérable : nous souffrions du même chagrin. Et j'admirai que des sentiments aussi violents et aussi troubles pussent survivre à ce point à la personne qui les avait suscités !

Lentement, devant Viccoli prostré, je me laissai aller à une douloureuse rêverie...

Un jour, — nous habitions alors une villa à Montreux, au bord du lac, — Carlotta m'appela. Je me souviens qu'un couchant jaune et vert étincelait derrière les montagnes de la Savoie, dont les invisibles glaciers, réverbérant sa lumière composite, faisaient traîner sur les pentes rocheuses des draperies ceintes de feu. L'eau du lac, reflétant cet éclat, était pleine de scintillements et de vibrations.

Carlotta, assise près de la fenêtre, regardait près d'elle, sur une table, s'épanouir un lys, d'un rouge un peu safrané.

— A quoi penses-tu? lui dis-je.

Elle regarda le lys aux bords déjà fripés.

— A mon pays, répondit-elle, et à tous ceux que j'y ai laissés. Je suis sûre que plus d'un m'y attend encore...

Aujourd'hui seulement, je comprenais le sens de cette allusion !

Il y eut un silence entre nous, un de ces silences qui sont chargés de choses mystérieuses, de questions qu'on ne posera pas, de réponses que l'on n'oserait pas formuler ; et, soudain, Carlotta poussa un cri sourd. Je courus à elle ; elle se débattait, le visage soudain rouge, puis très pâle. Elle eut un sursaut si violent que je chancelai et que nous roulâmes à terre, entraînant la table, le lys rouge et le vase qui se brisa.

Ce fut ainsi que Carlotta Peraldi mourut, d'un arrêt du cœur. Elle avait quitté le théâtre, elle n'avait aucune famille. Je n'annonçai son décès à personne. Il me semblait, en agissant ainsi, en accaparant, pour ainsi dire, sa mort à mon profit, qu'elle allait m'appartenir d'autant mieux, que durant sa vie, elle avait été davantage à tous !

Je ne possédais d'elle que quelques mauvaises photographies d'amateur. Ah ! comme j'aurais voulu emporter le portrait de Giuseppe Viccoli, cette toile où mon amie, comme ressuscitée, souriait de ce sourire ambigu et jeune que je revoyais si bien !

L'ombre commençait de peser dans la vaste pièce où nous nous tenions. Je me rendis compte soudain que ma longue visite n'avait que trop duré. Le son de ma voix fit tressaillir

le comte Viccoli qui, perdu dans ses souvenirs, semblait m'avoir oublié.

— Excusez-moi, me dit-il, tout à coup, balbutiant un peu, de vous avoir parlé d'une aventure aussi personnelle. Mais vous avez connu la Peraldi, il y a dix ans que je n'avais pas prononcé son nom ! Il m'a semblé que je retrouvais tout à coup un ami perdu depuis longtemps... Que voulez-vous? Je suis bien excusable ! Chaque soir, je me dis : « Qui sait si demain? » Et demain passe et ne la ramène pas. Pourtant, je ne perds pas courage. Je connais Carlotta : un jour, cette vie creuse, stupide, la dégoûtera, et elle me reviendra. Alors, ce sera le paradis...

Je me levai, afin de prendre congé.

— N'est-ce pas, *Signore*, qu'elle reviendra sûrement?

Le comte Viccoli recommençait de s'exalter.

— Rien n'est impossible, monsieur.

— Oui, oui, elle reviendra... Si elle joue encore, vous la rencontrerez un jour ou l'autre. Dites-lui que je l'attends, que je suis épris d'elle comme au premier jour, que je ne peux pas vivre sans elle une minute de plus. A quelque endroit qu'elle soit, n'est-ce pas, monsieur, elle ne peut pas oublier ceux qui l'ont adorée ainsi !

Alors ma pitié fut plus forte que ma haine, quelque chose de triste et de résigné me rapprocha du malheureux et il me sembla communier avec lui dans un sentiment sans nom, une sorte de fraternité délirante.

Je baissai la tête en serrant la main du comte Viccoli :

— Vous avez raison, monsieur. Il est impossible qu'elle les ait oubliés !

Il faisait presque nuit quand je me retrouvai sur la *Piazza dei Cavalieri*. La nuit s'annonçait moins par ses ténèbres que par d'énormes nuages qui les précédaient. Je marchai presque au hasard, ne regardant rien, ni les palais aux balcons énormes devant lesquels je passais, ni les jardins sévères et frissonnants qui, au détour des murs éclataient soudain en bouffées de parfums. Cette fantastique visite dans une ville déchue me laissait l'impression d'un songe pénible. Mais elle semblait prolonger un rêve plus ancien encore et dont je sortais brisé. Je ne doutais pas d'avoir retrouvé chez le comte Viccoli le fantôme de Carlotta Peraldi, mais je doutais de l'avoir effectivement connue moi-même autre part que dans les limbes d'un cauchemar inachevé. Ma douleur elle-même se fondait dans une tristesse vague et résignée, sans secousses, ni soubresauts. Je m'étonnais d'avoir pu, tout à l'heure, éprouver en face de Giuseppe Viccoli des sentiments encore si violents de rancune ou de jalousie. Je n'éprouvais rien qu'une lassitude désenchantée.

Ainsi, Pise pesait sur moi et m'imposait ses visions. Devant un tel abandon, ma propre souffrance n'osait presque plus se manifester. Et, l'exemple du comte Viccoli me donnait, en quelque sorte, une leçon de modestie. Quelqu'un au monde aimait Carlotta Peraldi plus que moi, la regrettait plus que moi ! Que mon âme trouble me semblait donc faible si je la comparais à ce cœur énergique que l'absence n'abattait point ! Aussi, en m'enfonçant dans les tortueuses rues de la ville plus noire, avais-je l'impression d'abandonner à Viccoli un peu de mon chagrin et de l'instituer secrètement le gardien de ma douleur.

Je me retrouvai sur la place pluvieuse au milieu de laquelle se détache cette glorieuse congrégation de monuments. J'entrevoyais, au delà, des remparts rougeâtres, puis d'incertaines montagnes. Aucun passant ; nul bruit ; quelque chose de plus mort encore que le silence de la tombe.

Un peu de vent passa ; des herbes frissonnèrent, une fuite d'argent courut une seconde au ras du sol. Et dans cette minute d'écrasement désespéré, il me parut que je perdais une seconde fois Carlotta et que je me séparais d'elle de nouveau ; j'avais laissé son corps à Montreux, j'allais laisser son âme à Pise !

Ce fut comme exorcisé d'une redoutable présence que je regagnai la gare, le lendemain. Ce fantôme assaillerait le comte Viccoli plus que moi-même, puisque celui-ci croyait encore à son pouvoir. Et tandis que mes yeux contemplaient par les fenêtres du wagon le lent déroulement des paysages, j'avais l'illusion et l'espérance de tenter une nouvelle existence !

Les cerises

J'avais seize ans, je venais d'être malade, et le médecin qui me soignait m'ordonna de vivre au grand air. Mes parents possédaient, aux environs de la ville, une maison de campagne.

J'y fus envoyé aussitôt. Je la revois, cette maison, toute blanche, avec ses tuiles roses et une treille qui montait à mi-hauteur de la façade et qui mêlait agréablement les pampres d'une vigne et les fleurs légères d'un bensia. Le jardin se composait de terrasses successives, qui dégringolaient au flanc d'un coteau et venaient mourir sur la rive d'un ruisseau pimpant et bavard.

Mes parents, qui ne pouvaient me suivre aux champs, me recommandèrent à quelques familles du voisinage avec qui ils étaient en relations. Ce fut ainsi que je fus amené, un certain jour, à présenter mes hommages à une Mme Serpedaie, qui était veuve et qui habitait avec ses deux filles une sorte de grande baraque à tourelles prétentieuses, mais qui commandait une propriété assez importante.

Ces visites m'amusaient. J'étais encore un enfant et je redoutais la solitude. Et puis, j'éprouvais un plaisir déjà vif à observer la variété des types, le pittoresque ou le comique des individus et des intérieurs, des conversations et des usages.

Chez les Serpedaie, je fus servi à souhait. Trois femmes étaient réunies au fond d'une allée de mûriers, qui surplombait un verger très vaste, abondamment planté de pêchers, d'abricotiers et de cerisiers. Elles travaillaient en silence. La mère était une personne de figure austère, maigre, aux pommettes saillantes, et de qui la bouche mince semblait serrée sur un secret perpétuel. Des deux filles, l'aînée, veuve déjà et toute jeune, avait une grande pureté de lignes, dans un visage émacié, et des yeux extraordinairement brillants ; la seconde, Colette, n'était encore que fraîcheur, insouciance, mouvement.

Du premier coup, je donnai mon cœur à l'aînée, qui se nommait Mme Pavin. Comment en eût-il pu être autrement ? Belle, malheureuse, elle avait tout ce qui transporte un romantique de seize ans ! Je dois avouer que j'avais grand besoin de porter en moi ce romantisme ; la conversation à laquelle je prenais part eût peu contribué à son développement. Elle était, en effet, lente, pénible, incertaine. Mme Serpedaie parlait de la campagne, des récoltes, des paysans, et, en dehors de cela, rien ne semblait l'intéresser.

Le mot *argent* était celui qui revenait le plus souvent dans ses propos.

Mme Pavin et sa sœur me raccompagnèrent à la grille.

— Venez souvent nous voir, s'écria la jeune femme avec un accent désespéré. Vous accomplirez une œuvre pie !

Je retournai donc fréquemment chez les Serpedaie et je ne tardai pas à éprouver pour Thérèse Pavin une amitié fervente. Je ne supposais pas à son habituelle mélancolie une autre cause que le veuvage, mais, un jour de novembre, elle arriva chez moi tout en larmes et me fit de son existence désenchantée le plus misérable tableau.

— Je ne puis plus supporter, me dit-elle, l'atmosphère de notre maison ; j'y étouffe littéralement ! Maman nous écrase sous une discipline de fer, et cette discipline implacable n'a pas d'autre but que l'entretien du ménage et les travaux des champs ! Je viens d'avoir à ce sujet une scène affreuse avec elle. Une existence pareille m'est intolérable. J'ai besoin de tendresse, de confiance, de chaleur. Je souffre, je m'épuise en face de cette femme qui ne pense qu'à l'intérêt, qui ne parle que d'intérêt ! Est-ce que cela en donne à la vie ? J'ai vingt-deux ans, moi, et tout m'est refusé de ce monde !

Elle pleurait. Je la consolai de mon mieux, je l'assurai de ma sympathie, de mon dévouement. Pour un peu, j'aurais mêlé mes larmes aux siennes. Elle s'en alla, réconfortée.

A dater de ce jour, je vis presque quotidiennement Thérèse Pavin, et je me mis à l'aimer d'une de ces grandes tendresses véhémentes de tout jeune homme que l'on ne retrouve que bien rarement dans sa maturité. Je l'aimais, d'ailleurs, sans le lui dire, car j'étais trop timide pour oser faire un tel aveu. Mme Serpedaie considérait notre intimité d'un mauvais œil. Elle interrompait nos entretiens aussi souvent qu'elle le pouvait et me jetait chaque fois un regard chargé de haine. Moi, je poussais Thérèse à la révolte :

— Il faut vous évader, lui dis-je, un soir. Ah ! si j'étais libre, si j'étais maître de ma vie, comme je vous enlèverais d'ici !

J'allais peut-être parler davantage, laisser mon cœur s'ouvrir, mais une grande ombre noire passa entre nous, et la voix de Mme Serpedaie retentit, sèche et cinglante :

— Thérèse, j'ai besoin de toi. Il faut arroser les haricots !

A quelques jours de là, ayant aidé sa mère à rentrer, sous une averse torrentielle, du linge étendu, Thérèse s'alita avec une forte fièvre. Une pneumonie double se déclara, qui trouva un corps sans résistance, usé par le chagrin, des fatigues excessives, une nourriture trop rare, car Mme Serpedaie faisait régner à sa table les principes d'une sage économie.

Sans doute aussi fut-elle mal soignée. Un médecin de village, alcoolique et ignare, s'occupa d'elle, tant bien que mal. Thérèse sembla d'abord guérir, mais, de rechute en rechute, elle tomba dans un état de fièvre constante et de langueur, auquel le docteur ne comprit rien et qui était la tuberculose.

Pendant des semaines et des semaines, le désespoir au cœur, j'assistai à la lente agonie de mon amie. Assise dans un fauteuil, au fond de l'allée des mûriers, les yeux brillants et les joues creuses, elle regardait s'organiser ce printemps, qui était le dernier pour elle.

Elle parlait peu et toussait souvent. Je ne restais jamais seul auprès d'elle. Sa sœur Colette ne la quittait pas. D'ailleurs, qu'aurais-je pu lui dire ? Mme Serpedaie s'approchait de Thérèse, entre ses diverses courses à travers la campagne, et ses yeux noirs et durs ne s'attendrissaient pas quand ils se posaient sur la pauvre enfant. Sans doute supputait-elle ce que lui coûtaient les remèdes et l'oisiveté de Thérèse, car elle avait dû prendre une fille de ferme pour la remplacer.

Vers la fin d'avril, Mme Pavin cessa de descendre dans le jardin. Je la revis une fois encore. Elle n'était plus que l'ombre d'elle-même. Quand je la quittai, elle murmura en me serrant la main :

— Merci, mon ami !

Quelques jours après, elle était morte. Je demandai à prier devant son lit. Mme Serpedaie m'en refusa l'autorisation, avec la joie visible de se venger de moi.

Le matin de l'enterrement, je courus de bonne heure à la maison mortuaire, je me plaisais dans ma souffrance et je voulais souffrir davantage en parcourant tout seul les lieux où j'avais connu et accompagné Thérèse.

La nature célébrait ses noces avec le printemps ; partout, des fleurs. On entendait le ronflement perpétuel des abeilles. Des haleines chaudes montaient de la terre vivante. Devant moi, le verger brillait de tous ses fruits.

Mme Serpedaie, tout en noir, parut au seuil de la porte.

— Joseph ! cria-t-elle.

Un vieux paysan parut, courbé par le travail, mais vif encore. C'était le protégé de Thérèse, qui aimait sa conversation malicieuse et pleine de sagesse. A sa vue, je ne pus retenir mes larmes, et je me représentai, avec une intensité cruelle, celle qui reposait là-haut et que la terre allait me cacher pour toujours.

— Joseph, dit Mme Serpedaie, prenez avec vous Victor et Thomas et cueillez toutes les cerises avant neuf heures : les gens de l'enterrement vont venir !

La sœur

Ce fut une nuit qu'il arriva.

Les infirmières, les brancardiers se tenaient devant une des portes de l'hôpital : au bout d'un long corridor où le vent glacé agitait une faible lampe. Il pleuvait dru au dehors. Les premiers blessés qui descendirent des voitures se tenaient debout, les uns appuyés sur une canne, les autres soutenus par leurs camarades.

Le visage couleur de terre, les vêtements couverts de boue, les yeux éteints, ils semblaient de mornes épaves, les fantômes d'une armée. Ils s'asseyaient en rond dans une grande salle et se taisaient, un peu ahuris, doucement heureux, malgré leurs souffrances, de trouver des visages accueillants, de la tranquillité, le repos.

Puis débouchèrent ceux que l'on portait sur des brancards. L'un de ceux-là était un homme extrêmement maigre, une grande distinction de traits, aux yeux fiévreux, à l'épaisse barbe noire. On le posa lentement par terre et, à demi relevé, appuyé sur son coude, il promenait autour de lui son regard désespéré.

Au milieu des infirmières, active et empressée, une religieuse allait et venait. Sous sa cornette blanche et noire, son visage ne témoignait d'aucun âge précis, mais l'expression en demeurait très jeune et d'une grande pureté. On avait l'impression qu'elle avait été belle, autrefois, avant que la pratique du renoncement lui eût donné l'air de ne pas appartenir au temps.

Elle se pencha vers la civière du blessé pour lui demander s'il ne désirait rien, mais très vite, elle se releva, toute pâlissante, et baissant son voile sur son front, elle se glissa hâtivement vers un autre groupe.

L'homme s'appelait Simon de Préfaye ; quand on eut défait son pansement, on vit que sa blessure était grave et on le monta dans une chambre isolée. Une jeune femme aux cheveux déjà gris fut chargée d'être son infirmière, et on demanda à la religieuse de le veiller chaque nuit.

Simon de Préfaye allait fort mal ; la couleur verdâtre de son teint disait assez l'infection qui empoisonnait son sang. Les multiples plaies dont il avait les jambes endommagées ne laissaient pas de s'envenimer progressivement, malgré les drains dont on espérait tarir leur pus. Il souffrait beaucoup et ne dormait guère.

Une nuit, il appela la religieuse :

— Êtes-vous là, ma sœur?

Sœur Marie-Hélène, ayant baissé son voile plus bas encore que de coutume, s'approcha du lit où reposait le blessé :

— Que voulez-vous, mon ami?

— Je voudrais boire, d'abord.

Comme elle versait de la tisane dans une tasse, il ajouta, d'une voix moins nette et entrecoupée par moments :

— Et puis, ma sœur, je voudrais vous parler... Oui, causer avec vous... Oh ! je sais que cela peut vous paraître bizarre, ce que j'ai à vous dire, et pas joli, ma foi, et que vous n'avez aucune expérience des choses de la vie... Mais quelque chose me dit que vous me comprendrez et que votre réponse pourra être d'un grand secours pour moi... N'est-ce pas, ma sœur, vous voulez bien m'écouter?...

Elle fit oui, d'une voix si basse qu'il l'entendit à peine.

— Seulement asseyez-vous, je ne veux pas que vous vous fatiguiez ainsi à m'écouter debout.

Docilement, elle obéit, mais elle se plaça de manière à tourner le dos à la lampe ; et la tête basse, les mains jointes, elle semblait toute pétrie d'ombre.

— Ma sœur, commença Simon de Préfaye, je sais que je vais mourir...

— Mais non, mais non, vous ne mourrez pas ; le docteur était très content de vous, ce matin...

Un pâle sourire moqueur passa sur le visage énergique et las du blessé.

— Ma sœur, ne me parlez pas comme à un enfant. Je n'ai pas vingt ans, j'en ai quarante. C'est moi qui ai demandé à partir sur le front. C'est vous dire que je n'ai peur d'aucune vérité. Je sais que je vais mourir et je ne me révolte pas. Je meurs sans regret. Ma mort aura un ordre que ma vie n'a pas eu. J'aurai été un de ceux par qui la France connaîtra une ère de grandeur et de triomphe comme elle n'en aura pas eue depuis plus d'un siècle. Cela a son prix. Là n'est pas la question. Mais j'ai été un pêcheur misérable... J'ai aimé autrefois...

Il s'interrompit :

— Vous avez laissé tomber quelque chose, ma sœur ?

— Oui, mon chapelet, murmura sœur Marie-Hélène d'une voix étouffée, en faisant mine de chercher sous le lit du blessé. Je l'ai, dit-elle enfin, plus calmement, et elle recula davantage sa chaise.

— Je continue donc...

— Pensez-vous qu'il soit nécessaire que je sois mise au courant de votre vie intime ?

— C'est indispensable, ma sœur. Et puis, vous ne pouvez pas me refuser cela. On ne refuse rien à un mourant... — Autrefois, je faisais de longs séjours à Dijon, où habitait un frère de ma mère. Je connus là une jeune fille d'une grande beauté, qui s'appelait Hélène de Bréderode. Peut-être la rencontrerez-vous un jour. J'eus pour elle un amour profond, et elle m'aimait pareillement. Ces quelques mois de chaste idylle ont été vraiment ce que j'ai eu de meilleur. J'allais demander sa main, quand son oncle mourut. Je fus contraint de rentrer à Paris, non sans avoir promis à Mlle de Bréderode de revenir bientôt la chercher. Pourquoi ne l'ai-je pas fait ? Ah ! c'est là le remords de ma vie ! Je me laissai aller à fréquenter une jeune actrice qui me fit entrevoir, avant le mariage, tout un horizon de plaisirs faciles. J'étais faible et indolent, je ne sus pas réagir à temps. Toutes mes erreurs datent de celle-là ! Je cessai d'écrire à Mlle de Bréderode, je n'osai plus retourner à Dijon, ni m'informer de celle qui avait été ma fiancée et dont j'ai peut-être fait le malheur ! Je n'ai jamais su ce qu'elle était devenue !

Simon de Préfaye s'agitait dans son lit.

— Si vous rencontrez un jour Mlle de Bréderode, ma sœur, dites-lui que j'ai voulu mourir pour ma France bien-aimée, afin de racheter pleinement ma faute ; dites-lui aussi que j'implore son pardon, que pas un jour de ma vie je n'ai cessé de regretter les égarements de ma jeunesse ; dites-lui surtout que je n'ai jamais cessé de l'aimer ! Mais me pardonnera-t-elle ?

— Je vous le promets, murmura la sœur.

— Si c'était vous, me pardonneriez-vous ?

— Je vous réponds comme si j'étais à sa place... Seulement, en échange, mon ami, faites-moi une promesse. Vous avez dû agir souvent bien mal sur cette terre ; promettez-moi de vous réconcilier avec Dieu...

— Je vous le promets, ma sœur...

Peu après, Simon de Préfaye s'endormit.

Le lendemain, il vit l'aumônier de l'hôpital et parut ensuite plus content. Mais, vers le soir, il perdit connaissance et, dans la nuit, il s'en alla de cette planète mystérieuse.

Au pied de son lit, agenouillée, sœur Marie-Hélène pleurait et priait. La blême clarté du cierge éclairait le visage jaunâtre du mort et sa barbe épaisse. Il semblait vraiment détendu et pardonné.

Et dans cette sainte vie austère, consacrée aux œuvres de Dieu, sœur Marie-Hélène retrouvait soudain comme un écho tragique des passions, des pathétiques servitudes et des vanités douloureuses de ce monde qu'elle avait fui, et, entre ses sanglots et ses prières, elle murmurait parfois :

— Il a dit qu'il n'avait jamais pu m'oublier, il a dit qu'il m'aimait toujours... Mais il ne m'a pas reconnue !

L'opération

Ma femme présentait, depuis quelques mois, des phénomènes inquiétants dont un médecin comme moi ne pouvait guère ignorer la gravité. J'essayai cependant de me faire illusion jusqu'au jour où ces phénomènes prirent un tour si menaçant que je dus envisager la possibilité d'une intervention chirurgicale. Deux de mes amis, le professeur Arnaudin et le célèbre chirurgien Martial Rutaine, se prononcèrent même pour qu'elle eût lieu le plus rapidement possible.

Je passe sur les jours qui suivirent cette décision. Ma femme ignorait en partie le danger de l'opération qu'on allait tenter sur elle, mais elle avait entendu trop souvent des conversations médicales pour ne pas avoir quelque soupçon des risques qu'elle courait. Je la rassurais de mon mieux, sans obtenir toutefois qu'elle ait dans mes promesses la foi que je voulais lui donner. Pour moi, je vivais dans une sorte de songe funèbre dont la perpétuelle horreur m'assombrissait sans répit.

Pendant la dernière conversation que j'eus avec le docteur Rutaine, je le trouvai soucieux, abattu. Ses traits tirés, son regard à la fois anxieux et éteint me firent la plus pénible impression. Et comme je m'enquis de sa santé, il me répondit qu'il souffrait, en effet, de migraines violentes, mais, sans doute, parce qu'il travaillait trop.

— Je commence même à perdre la mémoire, me dit-il, avec un sourire contraint. J'ai hâte de voir venir les vacances pour me reposer quelques semaines...

Quelques jours après, j'accompagnais ma femme à la clinique, et, le matin de l'opération, elle montra une sérénité qui, je l'avoue, influença mon humeur et me donna toute espérance dans l'issue de l'événement.

Elle m'avait prié de l'anesthésier moi-même, et, malgré ma répugnance à le faire, je ne pouvais qu'accéder à son désir.

Je reverrai toute ma vie le pauvre sourire implorant et doux de Georgette, et ses yeux anxieux, quand je m'approchai d'elle en tenant le masque et le tube de chlorure d'éthyle.

— Ce n'est rien, murmurai-je, rien du tout...

— Je sais bien, répondit-elle.

Elle se débattit un peu. Je me penchai vers elle. Son regard s'emplissait déjà d'une immense stupeur étrange. Elle parla confusément de cloches, puis sa respiration se fit ample et profonde.

Martial Rutaine s'approcha alors de la patiente, et le premier coup de bistouri dans cette chair adorée retentit en moi-même aussi cruellement que s'il entrait en mon propre cœur. Je réagis immédiatement contre cette affreuse impression, car ce n'était pas le moment d'avoir des nerfs.

L'instant d'après, je fus frappé par l'attitude de Rutaine. Lui si calme, si impassible d'habitude, il grommelait entre ses dents et, à tout moment, allait vers le lavabo d'où il revenait, l'air égaré. Je me sentais envahi par une inquiétude vague, qui augmenta quand je le vis soudain jeter en l'air une pince et dire, d'un air furieux, à une infirmière :

— Ces instruments sont sales, sales...

Elle balbutia :

— Ce n'est pas possible, docteur, vous ne pensez pas ce que vous dites. Comment voulez-vous qu'on vous ait remis des instruments sales?

— Ce ne sont pas ceux dont je me sers habituellement ! Je les connais bien, que diable !

— Mais, docteur, ce sont ceux dont vous vous servez toujours...

Il ne répondit pas, il se remettait à son austère travail. D'une main dont la sûreté, l'habileté me pénétrait d'admiration, il introduisait doucement les pinces, tamponnait le sang, continuait ses ciselures délicates.

Soudain, il s'arrêta :

— Je veux, déclara-t-il, mes instruments d'or. Qu'on aille me les chercher !...

Il y eut un moment de stupeur générale. Tout le monde se regarda.

Je sentis mon front inondé d'une sueur froide qui, peu à peu, glissa sur mon visage et envahit mon corps. Le docteur Rutaine était devenu fou !

Et comme si j'avais pu douter encore, il ajouta :

— Je suis le plus grand chirurgien de mon temps ! Je suis sûr que ma cervelle pèse au moins cent fois le poids d'une cervelle normale. C'est moi qui ai guéri la reine Victoria et l'empereur Napoléon ! Et aujourd'hui que j'opère Cléopâtre, on me priverait de mes instruments d'or? Qu'on la recouse, en attendant, je finirai cette opération un autre jour !

Et il fit mine de s'en aller.

J'éprouvais depuis quelques minutes une terreur sans nom, la peur, en quelque sorte panique, que l'on ressent pendant un tremblement de terre, lorsque tout se met à vaciller et à valser, lorsque le sol ondule et manque sous vos pieds. La perspective des actions engagées s'ouvrait à mes yeux comme un gouffre. A ces visions, mon sang heurtait furieusement les parois de mes artères. Ma femme abandonnée, le ventre ouvert, l'impossibilité de trouver assez tôt un autre chirurgien, le danger de prolonger plus longtemps l'anesthésie, les risques affreux qui nous menaçaient, tout cela tourbillonna en moi... Aucun des aides présents n'était capable d'achever l'œuvre entreprise par Rutaine, — ni moi-même.

Dans mon trouble, j'avais cessé déjà de verser méthodiquement le chloroforme ; ma femme gémissait. En un instant, mon parti fut pris. Il fallait réenchaîner les pensées du fou, les ramener à l'opération. Mais si, dans un mouvement inconscient, il tuait la patiente? Je me sentis défaillir.

— Rutaine, dis-je, tu as raison. Tes instruments sont infects. Je vais donner l'ordre qu'on aille chercher tes ciseaux et tes pinces d'or. Continue, en attendant, ils arriveront avant la fin.

Le malheureux hésitait. Je lui décrivis en hâte l'opération qu'il faisait, accumulant les détails techniques, nommant les organes un à un, afin de réveiller en lui sa conscience professionnelle.

Je réussis à le persuader, il se remit au travail. Je suivais chacun de ses gestes avec un frisson d'angoisse. N'allait-il pas être repris de sa manie, avoir un accès de démence, faire un mouvement maladroit? A chaque coup qu'il donnait, je croyais mourir moi-même d'émotion, tant mes nerfs étaient tendus !

A la minute la plus angoissante, il s'arrêta de nouveau :

— Et mes instruments?

— On les monte, m'écriai-je en tremblant. J'entends la voix de l'homme qui les porte. Ne perds pas de temps ! Vite ! Vite !

Je le persuadai de nouveau ; il sembla redoubler de dextérité et de clairvoyance. Je commençai de respirer. A la fin, il fut pris d'une sorte d'extraordinaire fébrilité. En quelques instants, il recousit l'ouverture béante, et avec une telle légèreté qu'il ne semblait qu'aucune cicatrice dût être un jour visible.

Alors, il se retourna brusquement vers son aide et, le renversant sur le sol, il essaya de l'étrangler. On s'élança sur lui, on le paralysa. Fou de colère, il bavait et criait des paroles absurdes. Il se débattait furieusement entre nos mains. Les aides l'emportèrent.

Jamais Rutaine n'avait fait une plus belle opération, mais jamais il ne retrouva l'esprit et il mourut au bout de quelques mois dans une maison de santé.

Le ressuscité

Ce fut dans la nuit de l'Epiphanie que la chose survint. M. Casimir Bacheyre de Bouillane avait passé sa soirée au cercle, et il avait même gagné, ce qui lui arrivait rarement quand il faisait la partie. Son vieil ami, M. d'Anglejean-Sarcé, avait perdu deux mille francs, plus quinze cents sur parole. Là-dessus, M. Bacheyre de Bouillane rentra chez lui fort satisfait et faisant comme un collégien, sonner les louis dans son gousset. Mais à peine couché, un singulier malaise le jeta à bas de son lit. Il eut juste le temps de sonner. Louis, son valet de chambre, le trouva le nez sur le tapis. Un médecin appelé en toute hâte se contenta de constater le décès de M. Bacheyre de Bouillane et s'en retourna, en maugréant, à son sommeil interrompu. Louis se consacra quelques minutes à la douleur, puis vêtit son maître pour l'éternité. M. Bacheyre de Bouillane, en habit et cravaté de blanc, avait repris son air habituel de *clubman* qui va dîner dans le monde, — mais c'était dans l'autre monde cette fois-ci.

Les cousins du défunt, qui habitaient le Languedoc, ne purent assister à l'enterrement. Il eut lieu le surlendemain matin. Les amis du disparu conduisirent le deuil. En tête, venait M. d'Anglejean-Sarcé sur le visage de qui on pouvait lire un certain contentement, bien compréhensible si l'on songe aux conditions spéciales dans lesquelles Bacheyre de Bouillane l'avait quitté. Les membres du cercle venaient ensuite, suivis des nombreuses relations du vieux garçon et enfin de ses fournisseurs. On déposa le mort dans son caveau, on songea à lui une dernière fois, puis chacun rentra chez soi.

Or, à côté de l'opulent tombeau des Bacheyre de Bouillane, les fossoyeurs creusaient le sol pour un nouveau postulant à l'au-delà. Ils travaillaient paisiblement, sans se presser, en faisant des plaisanteries, comme de joyeux drilles qu'ils sont, lorsqu'un d'eux s'arrêta, retira sa pipe de sa bouche et fit remarquer que l'on entendait un bruit anormal.

On entendait, en effet, une plainte étouffée qui venait des entrailles de la terre. Ces fossoyeurs étaient de braves gens, d'intelligence vive et prompte ; ils jugèrent que M. Bacheyre de Bouillane n'était pas mort, et au lieu d'avertir l'administration, ce qui aurait bien compromis l'existence déjà très aventurée du malheureux, ils s'occupèrent aussitôt de le déterrer. Ils découvrirent M. Bacheyre de Bouillane à demi asphyxié ; mais réussirent sans trop de peine à le rappeler la vie.

De toutes les personnalités que l'on avait mises en terre avec Casimir Bacheyre de Bouillane, celle de l'homme du monde reparut la première. Il montra un sourire délicieux et remercia ses sauveteurs de leur généreuse initiative. Il raconta avec émotion les affres qu'il venait de traverser. Il était assez sujet, ajouta-t-il, à des crises de léthargie où il offrait toutes les apparences du trépas, — crises qui s'étaient espacées, il est vrai, au point de disparaître complètement.

Les fossoyeurs, ne se sentant pas la conscience tranquille, le prièrent de faire sa déclaration à l'administrateur du cimetière. M. Bacheyre de Bouillane, jetant alors un coup d'œil sur sa toilette, fut tout honteux de se trouver en habit. En habit, à trois heures de l'après-midi ! Il y avait de quoi le perdre de réputation !

Il fut dirigé vers une maison blanchâtre qui se dressait à l'entrée du cimetière. Les fossoyeurs, de plus en plus rongés par les remords, le poussèrent devant eux. Il entra dans un bureau. D'un geste machinal, Casimir Bacheyre de Bouillane fouilla une poche de son gilet.

— Cet imbécile de Louis, grommela-t-il, aurait bien pu me laisser mon monocle !

Il se trouva en face d'un plumitif au visage terne comme une vieille muraille et orné de lunettes rondes et bombées qui lui faisaient le regard vide, opaque et convexe qu'ont certains insectes.

M. Bacheyre de Bouillane s'adressa à ce bureaucrate et lui dit d'une voix exquise :

— Monsieur, je viens remettre en vos mains mon abdication...

— Votre abdication à quoi ?

— A l'état de mort, monsieur, je ne le suis plus depuis une heure !

Il fallut bien des explications pour faire accepter à l'employé ce nouvel état de choses. Il s'en montra très contrarié :

— C'est très ennuyeux, tout cela, dit-il, très ennuyeux. Encore des papiers, des formalités, des signatures, comme si nous n'avions que cela à faire !

Pour un peu, il eût dit à M. Bacheyre de Bouillane : « Vous auriez mieux fait de rester où vous étiez !..... »

A six heures, le ressuscité, ayant copieusement mangé et bu une bouteille de chambertin pour se remettre d'aplomb, éprouva un besoin irrésistible d'aller au cercle.

Quelqu'un tourna la tête vers la porte et le vit apparaître. Il poussa un tel cri que chacun se leva. M. Bacheyre de Bouillane s'avançait toujours vers ses amis. Alors il y eut un tumulte général, tout le monde fuyait en désordre vers les salons du fond. Dans sa hâte à se replier, M. d'Anglejean-Sarcé roula même à terre.

— Mais je suis vivant, je suis vivant!... criait M. Bacheyre de Bouillane, désolé de l'effet qu'il produisait.

Quoi qu'il en fût, on ne lui pardonna jamais tout à fait sa résurrection. Il essaya de reprendre son ancienne existence, mais il sentait autour de lui une gêne, une angoisse. Se mêlait-il à une conversation, on faisait le vide autour de lui. Il avait beau être obligeant, serviable, courtois, on le fuyait visiblement.

— Je deviens un raseur, se disait-il, avec dépit.

Et cette constatation l'affectait d'autant plus qu'il ne comprenait guère la cause de cet ostracisme. Un jour, enfin, une délégation de ses amis du cercle se présenta chez lui. M. d'Anglejean-Sarcé, qui gardait, on ne sait pourquoi, une certaine rancune à son vieux camarade, prit la parole avec mille préambules et politesses, et révéla le but de cette démarche collective ; on priait M. Bacheyre de Bouillane de donner sa démission !

— Mais c'est insensé! s'écria le malheureux. Qu'a-t-on à me reprocher? Ai-je triché au jeu? Ai-je refusé de payer ma cotisation? Suis-je un voleur, un faussaire, un assassin? Mais répondez, monsieur, répondez, répéta M. Bacheyre de Bouillane en s'avançant vers son ami, les poings serrés de colère.

— Que voulez-vous? dit M. d'Anglejean-Sarcé, nos collègues ont peut-être tort, mais, depuis votre accident, vous les gênez, vous les inquiétez. Vous les avez tellement trompés ! Ils n'ont plus confiance en vous !

Le jardin de mon ami Claude

Après avoir mené à Paris une vie gaie, légère et brillante, l'âge venu et se sentant en posture de devenir philosophe, mon ami Claude Grenier émigra à Saint-Césari, qui est une bonne petite ville de Provence, bavarde et remuante comme une ruche, avec ses grands hôtels silencieux et leurs escaliers qui sont si larges et si doux que l'on pourrait les gravir à cheval. A Paris, Claude Grenier avait fréquenté des écrivains et des actrices, des escrimeurs et des gens de courses ; à Saint-Césari, il reçut des seigneurs du pays et quelques étudiants dont j'étais.

Il habitait une vieille maison, toute pleine du haut en bas des belles choses qu'il avait rapportées de Paris ou ramassées dans ses courses en Provence, et il se tenait, le soir venu, dans un vaste salon où flambait un bon feu et qui était tout doré, avec ses tapisseries à figures royales, ses brocatelles fanées et son sarcophage égyptien, posé dans un coin, et dont la figure énigmatique et rouge semblait toute serrée par des bandelettes noires.

C'était là que, pendant des heures, mon ami Claude causait. Il causait dans ce coin perdu de petite ville, comme il l'avait fait autrefois, sur le boulevard, au temps de Tortoni et du café Anglais. Il nous racontait des anecdotes, il faisait des mots, il dissertait spirituellement de toutes choses, et c'est au fond de ma province natale que j'ai compris, pendant ma jeunesse, ce qu'avait pu être, par exemple, un Ligne, ou un Rivarol !

Les auditeurs de Claude Germier étaient les gens les plus considérables de Saint-Césari : le marquis de Bourgeonneuf, le baron de la Chinardière ; Me Salsogne, le notaire ; l'abbé Broche, l'archéologue. Tous ces messieurs étaient grands propriétaires, ils avaient des châteaux dans la campagne, des fermes, des chasses gardées, des vignes, des bois de pins, des plantations d'amandiers, d'oliviers, de figuiers. Ils en parlaient souvent entre eux. Mon ami Claude, lui, n'avait que sa maison et le jardin qui la suivait, et cela l'agaçait un peu de les entendre s'occuper ainsi abondamment devant lui de leurs récoltes, de leurs fermages et de leur vie.

Ce jardin de Claude Germier c'était, derrière la maison, un petit bout de terrain où poussaient un acacia et un pêcher, accompagnés de trois fusains poussiéreux. On s'asseyait sur un banc vermoulu et on regardait le ciel courir là-haut comme une eau pure, entre deux murs moussus. Mon vieil ami aimait son modeste jardin, et quand MM. de Bourgeonneuf et de la Chinardière célébraient leurs propriétés, il disait d'un ton détaché :

— Moi non plus je n'achèterai pas de bois cet hiver. J'ai celui de mon jardin.

Ou bien :

— J'aurai une belle récolte de fruits, cette année, mon pêcher est en fleurs !

Ou encore :

— Je passerai l'été à la campagne. Nulle part il ne fait aussi frais que sous mon acacia.

Malgré leur affection pour Claude Germier, ses amis ne laissaient pas que d'être un peu irrités par ces plaisanteries qui, au début, n'en étaient presque pas dans sa bouche, tant était grand son amour pour Saint-Césari. Mais quand il vit que par ces comparaisons constantes entre son petit jardin et leurs terres il vexait ses opulents visiteurs, mon ami prit un malin plaisir à les multiplier et à en faire une source de taquineries incessantes. Et ces messieurs avaient la faiblesse de s'en offusquer, comme si la Fourmillonnère, Courtacou-le-Château ou le Jas-des-Martines pouvaient être éclaboussés par ces rapprochements !

Malheureusement, il arriva que mon ami Claude tomba malade, gravement malade. Il eut une congestion pulmonaire, dont il faillit mourir, dont il guérit momentanément, mais qui développa l'affection cardiaque dont il souffrait déjà. Bientôt, nous eûmes la certitude que notre pauvre ami ne demeurerait plus longtemps parmi nous. Ah ! les plaisanteries étaient loin ! On ne riait plus. Tout le monde adorait ce cher M. Germier, et l'on se succédait à la porte de sa maison, avec des mines anxieuses. J'y retrouvais chaque jour le marquis de Bourgeonneuf, le baron de la Chinardière, Me Salsogne, l'abbé Broche, quelques-uns de mes camarades.

— Ça ne va pas, disait la vieille bonne, Miette, en secouant son bonnet de lingerie.

Tant et si bien que le docteur Sarcus, qui soignait notre malade, réclama l'opinion d'un homme célèbre, et que l'on fit venir l'illustre professeur Courboy, de Montpellier.

L'illustre professeur approuva en tout son petit confrère, prescrivit à peine deux ou trois drogues de plus et regagna la gare, hâtivement suivi par le docteur Sarcus, qui trottinait derrière lui de toute la vitesse de ses petites jambes, et songeait à la réputation que cela lui vaudrait par la ville d'être vu en une telle société et au coup qu'en recevrait son rival, le docteur Bazile.

Nous autres, nous attendions devant la porte le départ du grand homme. Quand il eut tourné le coin de la rue, nous nous précipitâmes dans la maison de Germier. Assise sur la dernière marche de l'escalier, Miette pleurait et murmurait au milieu de ses sanglots :

— Mon pauvre maître ! Mon pauvre maître !

— Eh bien? criâmes-nous en chœur. Qu'a-t-il dit ?

Elle hocha la tête sans répondre, puis elle ajouta :

— Le pauvre monsieur a demandé à revoir ses amis, mais pas tous à la fois. Si monsieur le Marquis, Maître Salsogne et monsieur Boisseault veulent bien se donner la peine de monter...

Nous entrâmes dans la chambre du moribond, une chambre claire et presque nue, ornée seulement de photographies avec dédicaces, — les portraits des écrivains et des actrices de Paris qui avaient été ses compagnons de jeunesse et de plaisir.

Notre ami Claude avait bien petite mine dans son grand lit. Il avait tellement changé que cela nous fit mal à voir. Le visage livide et tiré, le nez pincé, il nous observait de son œil fin et doux, qui luisait encore de malice. Nous comprîmes qu'il n'avait plus que quelques jours à vivre et qu'il ne l'ignorait pas.

Le marquis de Bourgeonneuf se pencha vers Claude Germier :

— Eh bien, mon cher, quel est l'avis de la Faculté?

— Vous ne le croirez jamais !

— Si, si, rassurez-nous vite ! Comment Courboy vous a-t-il trouvé? Ce n'est pas grave, n'est-ce pas? Il va vous tirer de là ! Enfin, quelles sont ses paroles?

Alors, avec un sourire malin, et d'une voix qui n'était plus qu'un souffle, mon ami Claude répondit :

— Ah ! mes amis, c'est un homme clairvoyant, un grand esprit que le docteur Courboy ! Il n'a pas hésité une minute, lui ! Il est allé droit à la fenêtre et il m'a dit : « Monsieur Germier, vous avez le plus joli jardin que j'aie jamais vu ! »

La mère

Le docteur Lampigouste s'assit dans le fauteuil et croisa sur le manche de sa canne ses vieilles mains déformées par le rhumatisme.

— Ma bonne amie, fit-il, j'ai quelque chose de grave à vous dire.

— Je vous écoute, répondit Mme Déthorel.

C'était une femme aux cheveux gris, aux grands traits rigides, tout en noir ; ses paupières un peu lourdes retombaient sur des yeux perçants ; elle avait dans sa physionomie quelque chose de respectable et de bourgeoisement austère, mais son visage ravagé révélait d'âpres souffrances, vaillamment et secrètement supportées.

— Voici, raconta le docteur. L'autre jour, à l'hôpital, j'ai été conduit au chevet d'une personne à peu près mourante, épuisée par la tuberculose et la misère ; elle a été jolie, elle ne l'est plus. Elle est veuve, sans ressources, abandonnée ! Cette femme m'a dit son nom : elle s'appelle Mme Julien Déthorel.

Une contraction pénible bouleversa le visage sévère de Mme Déthorel, qui frappa sèchement, du plat de la main, le bras de son fauteuil.

— Docteur, plus un mot là-dessus !

— Je vous demande pardon, ma chère amie, répliqua Lampigouste, d'un ton ferme et poli, je suis venu uniquement pour vous parler de cela, je vous en parlerai ! Mme Julien Déthorel veut vous voir avant de mourir, elle n'a plus personne au monde. Il lui est extrêmement dur de mourir sans avoir obtenu votre pardon. A sa place, ajouta sarcastiquement le vieux médecin, je m'en passerais bien, car elle n'a rien à se reprocher à votre égard ! Mais enfin, il faut tout comprendre. Elle pleure son mari comme vous pleurez votre fils. Elle souffre de votre orgueilleux dédain. C'est votre belle-fille, madame, et elle se meurt. Vous viendrez la voir comme elle le désire.

Mme Déthorel réfléchissait.

Dix ans auparavant, son fils Julien, tout jeune encore, indécis, timide et longtemps dominé par l'humeur autoritaire de sa mère, s'était épris d'une modiste fort jolie, bien que de physionomie un peu fade. Il l'avait épousée très rapidement, malgré l'opposition et la fureur de Mme Déthorel, pour qui cette union semblait une déchéance. Pendant longtemps, elle refusa de le voir et ne fit la paix avec lui que lorsqu'il eut un enfant qu'elle accepta de connaître, à la condition expresse que jamais sa belle-fille ne paraîtrait devant ses yeux. Julien accepta par faiblesse naturelle, et aussi par besoin d'argent, car sa mère était riche et il ne possédait qu'une position médiocre, dont les exigences de son ménage excédaient les minces ressources. La gaieté et la grâce de son petit-fils adoucissaient peu à peu le ressentiment de Mme Déthorel, et Julien commençait de voir l'avenir sous un jour plus souriant, lorsqu'un mois avant la mobilisation, l'enfant mourait en peu de temps, emporté par le croup. Au milieu de sa douleur, de son désarroi, Julien partait pour la guerre, et une

balle le tuait en octobre, au moment où il sautait dans une tranchée ennemie.

Et, maintenant, Mme Déthorel, vaincue, vieillissait misérablement, dure envers soi-même, dure envers autrui, souffrant dans sa double affection de mère et de grand'mère, souffrant aussi dans son orgueil de bourgeoise qui a vu s'écrouler, en un seul jour, tous les rêves d'avenir et les projets avantageux qu'elle réunissait sur la tête de son fils !

La voix glacée du docteur Lampigouste l'arracha à sa funèbre méditation :

— Les circonstances ne sont plus ce qu'elles étaient avant la guerre, disait-il. Il y a aujourd'hui place dans nos cœurs pour autre chose que de vieilles haines, des rivalités de caste ! Dieu merci, nous devenons des hommes au lieu de rester des pantins sociaux ! Demain, après le déjeuner, je viendrai vous chercher !

Il s'attendait à une protestation. Mme Déthorel, soumise, s'inclina.

Mais quand elle entra dans la salle d'hôpital où sa belle-fille agonisait, son sang bourgeois lui monta au visage ! Ainsi, la femme de son fils, une Déthorel, mourait ici, parmi des malheureuses ! Et elle eut encore un élancement de rancune au cœur pour Julien, l'ingrat qui l'obligeait à cette avilissante visite.

Une femme maigre, aux yeux vastes et brillants, l'ossature de la face toute visible sous la peau serrée, se souleva à demi à son approche.

— Madame..., commença-t-elle.

Mais elle reprit, tout bas :

— Voulez-vous me permettre de vous donner le nom que Julien prononçait toujours quand il parlait de vous : ma mère?

Quelque chose vacilla devant les yeux de Mme Déthorel ; elle revit Julien tout enfant, puis jeune homme, et le gendarme qui lui avait porté un jour l'avis sinistre de la mairie ; elle revit le pauvre petit étouffé par le croup. Toutes ces choses dansaient à la fois dans sa mémoire. Elle avait été dure, froide.

insensible. Pourquoi? mon Dieu, pourquoi? De quel droit avait-elle jugé, blâmé, condamné? Qu'y avait-il au monde, sinon la douleur, une douleur incessante, aveugle, qui broyait indistinctement tous les êtres? Refuser à autrui son aide, son soutien, sa confiance, son amour, n'est-ce pas se trahir soi-même? Il lui semblait que la mourante lui criait : « Pitié ! Pitié ! » Et de toutes les bouches humaines, de toutes ces bouches qui s'ouvrent pour le baiser comme pour le râle, c'était le même cri qui sortait : « Pitié ! Pitié ! »

Alors, elle se pencha sur le lit qui sentait la fièvre et elle embrassa sa belle-fille.

Pendant huit jours, elle vint la voir régulièrement, elle lui apportait des fleurs, des oranges. Ces deux femmes avaient mille petites choses à se dire ; et puis, que de souvenirs communs ! La mourante avait toujours quelque renseignement à demander sur l'enfance, sur la jeunesse de son mari.

Elle tombait ensuite dans de grands silences angoissants, qui ne contenaient que des regrets, mais où Mme Déthorel lisait des reproches.

Quand elle s'en allait, sa belle-fille levait sur elle un regard anxieux :

— Vous reviendrez demain, ma mère?

Elle n'avait pas besoin de le demander, la vieille dame ne pouvait déjà plus se passer de ces visites. Elle reprenait goût à vivre, sa douleur se faisait plus douce, plus humaine, elle perdait de son aigreur, de son égoïste acuité.

Seulement, la jeune femme allait de plus en plus mal et un soir, le docteur Lampigouste pria Mme Déthorel de ne pas se rendre à l'hôpital, le lendemain, pour ne pas fatiguer la malade.

Hélas ! plus rien ne devait la fatiguer, et elle quitta, dans la nuit même, un monde où ce qu'il y a de bien et de beau arrive toujours trop tard !

Le matin le vieux médecin se présentait chez son amie :

— Tout est fini, annonça-t-il.

Et il vit avec stupeur cette femme qu'il avait connue si orgueilleuse et si sèche laisser tomber sa tête dans ses mains et fondre en larmes. Les sanglots la secouaient toute comme ils secouent un enfant.

— La pauvre petite ! la pauvre petite ! gémissait-elle.

— Allons, madame, fit le docteur Lampigouste, ayez du courage !... Et puis quoi, n'exagérons rien : vous avez connu votre belle-fille huit jours et refusé dix ans de la voir !

— Ah ! docteur, s'écria Mme Déthorel, ce n'est pas généreux à vous de me le rappeler !

Et elle ajouta plus bas :

— Comment ne serais-je pas désolée? Je voyais naguère en cette malheureuse une étrangère, une ennemie. Comment n'ai-je pas compris plus tôt que cette femme que j'ai tant méprisée, c'était tout ce qui me restait de mon fils !

L'oubliée

Cette histoire nous fut racontée par Percy Cockburn, le peintre anglais, dans un bar américain, à deux heures du matin. C'est encore trop tôt pour que Cockburn soit ivre, et comme cet artiste original, créateur d'un monde de fête et de fantaisie, est un protestant austère — la vie offre de ces contrastes — nous ne pouvions douter de son récit. Au surplus, l'auditoire était fort bizarrement composé : un Hollandais, qui voyage dans les Iles de la Sonde, à la chasse d'orchidées, pour le compte d'une maison de Londres, un romancier danois, qui a longtemps gagné sa vie à Paris, comme bookmaker, un Espagnol, aquafortiste de talent, qui disparaît de temps en temps, parce qu'on l'interne, pour un an ou deux, dans une maison de fous, enfin, deux ou trois journalistes que rien n'étonne, qui ont couru le monde et souri de tout, du même sourire indifférent et narquois, c'est là une société trop raisonnable pour admettre qu'*impossible* soit un mot humain...

— Vous n'avez pas connu Ted Hambro, vous autres, commença Percy Cockburn en plantant une paille dans son cherry-gobler. C'était un coloriste prodigieux et un garçon charmant. Je lui dois la plus grande partie de ce que je sais, et cela, je ne l'oublie pas. Il est mort maintenant de neurasthénie, de remords ou de je ne sais quoi, à la suite de l'événement que je vais vous conter. Il vint d'Amérique à Paris pour faire de la peinture. Il avait un père marchand de quelque chose à Chicago, mais, naturellement, il était brouillé avec lui, et sa famille ne lui envoyait pas un sou. Ici, il travailla avec frénésie, afin d'apprendre peu à peu son métier. Mais il n'aimait pas beaucoup Paris, Londres l'attirait et il alla se fixer à Londres. Il raffolait du brouillard, de la pluie, de la nuit. En Italie, je crois qu'il serait devenu fou ! Et il peignait d'étranges choses pleines de cet esprit-là. Imaginez la société de Watteau vue à travers les brumes de la Tamise, et quand on a bu quatre à cinq verres de gin. Il y avait chez ce bonhomme du grand poète et du caricaturiste, mais c'était diablement peint... Bien entendu, n'ayant aucun succès, il vivait très péniblement. Pour comble d'infortune, il rencontra, dans un magasin, une vendeuse dont il s'éprit, une de ces Anglaises fines, sveltes et blondes, dont le type était alors à la mode et qui semblent toujours poser pour un Luini ou un Ghirlandajo. Nous l'appelions entre nous Eppie — car son nom de famille, nous ne l'avons jamais su. Bien qu'aussi pauvres l'un que l'autre, ils se marièrent, et ils furent très misérables, mais non malheureux, car sitôt qu'ils se retrouvaient ensemble, tout leur devenait indifférent. Il reste encore sur la terre quelques gens de cette espèce, mais bien peu, et d'ici à cinq ou six lustres, on n'en verra pas davantage qu'on ne croise de mégathérium à la terrasse du Napolitain. Ted, n'est-ce pas, n'avait pas les moyens de faire à sa fiancée un riche cadeau de noces ; il eut alors la délicate pensée de peindre pour elle une merveille d'éventail, brillant et vaporeux à la fois, et dont les jolies couleurs paraissaient déjà fanées par les siècles. On y découvrait un cortège d'êtres bizarres et fantasquement costumés qui venaient saluer la blonde Eppie aux yeux verts, accoudée à une terrasse.

Le jeune ménage eut de dures années, puis, quelqu'un s'intéressant à Ted, on organisa une exposition de ses œuvres, et le succès vint, tout à coup, un succès éclatant, colossal. L'obscur Hambro, en quelques jours, se transforma en homme célèbre. Il décora un château de toute une société charmante de fées, de Pierrots et de Colombines. Des marchands et des collectionneurs se disputaient ses pastels, et comme l'éventail d'Eppie, plus que tout le reste de l'exposition, mettait en valeur les rares qualités de Ted, plusieurs grandes dames voulurent en posséder de pareils. Mais Hambro refusa. D'éventail, il n'en peindrait jamais plus... Cette détermination lui donna un certain air romanesque, qui augmenta sa gloire.

Malheureusement, Ted Hambro commença de courir les salons, où on l'attirait beaucoup. Nous nous aperçûmes à ce moment qu'il était au fond extrêmement snob et vaniteux, ce que nous ne soupçonnions certes pas au temps de sa pauvreté. Il devint odieusement fier de ses relations et ne parlait plus que de ses amis riches. C'est alors que je cessai de le voir, car il me parut insupportable. Il ne menait jamais Eppie dans le monde ; elle lui faisait peu honneur : dix ans de misère, de travail, de privations et de dévouement, n'est-ce pas, cela fripe terriblement une femme !

Une veuve acheva de mettre le désarroi. Elle s'appelait Mme Haydon — Mary Haydon. Très belle, très riche et très remarquée, elle s'intéressa fort à Ted. Je crois qu'il y eut dans son cas plus de vanité que de sincère sympathie, cependant Hambro s'y laissa prendre. Eppie se consumait de chagrin, mais ne disait rien.

Pendant les trois ans que dura son supplice, elle ne fit pas la moindre scène à Ted ; elle demeura attentive à le soigner, fidèle et tendre, comme autrefois. Mais il se passa une chose terrible : le fameux éventail disparut. Hambro soutint qu'on l'avait volé et ne s'inquiéta pas outre mesure. Un mois après, Eppie apprenait qu'il se trouvait derrière une vitrine, dans la chambre même de Mary Haydon. Oui, cette femme avait demandé à Ted cette chose impie : il n'avait pas osé désobéir ! Cet éventail, c'était pour Eppie toute sa jeunesse, l'amour même de son mari... A ce moment, si Ted avait été un honnête homme, il se serait brûlé la cervelle, parce qu'il y a des actions qu'on ne commet pas.

Eppie se laissa couler, elle ne lutta plus, elle mourut de consomption, comme avec hâte de quitter un monde où l'on voit de telles vilenies. Seulement, à son lit de mort, comme Hambro se penchait sur elle, ravi, je suppose, d'en être débarrassé, l'agonisante lui dit :

— Méfiez-vous de moi, Ted, je vous en conjure. Les vivants sont très faibles et très indulgents, mais pas les morts... Ils ont des rancunes terribles, ils n'oublient rien...

Ted eut le grand tort de ne pas se méfier. L'année suivante, il épousait Mme Haydon. Et puis, tout alla bien pendant longtemps. Eppie était aussi oubliée que si elle n'eût jamais existé. Ted Hambro jouait au grand seigneur, il dînait tous les soirs dans le monde et possédait au fond du Sussex un château magnifique, qui datait de la reine Anne, et dont il se montrait incroyablement fier.

Il y avait sept ans, jour pour jour, que la première Mme Hambro était morte, lorsqu'un soir, au moment d'aller au théâtre, l'ex-Mme Haydon se plaignit de la migraine, et, au lieu de sortir, se mit au lit. Elle engagea fort Ted à ne pas manquer sa soirée pour elle et il n'eut garde de lui désobéir, car, avec le temps, il devenait de plus en plus égoïste.

A minuit, il rencontra des amis avec lesquels il soupa. Bref, il rentra fort tard, et vaguement troublé par la chaleur des vins vieux. Il se dirigea tout droit vers la chambre de sa femme, alluma l'électricité... Mais avec quel cri d'épouvante recula-t-il aussitôt ! Sur le lit en désordre, la seconde Mme Hambro gisait à demi nue, toute convulsée, comme si la mort l'avait surprise en pleine lutte, et le visage noir et contracté. Ted appela au secours, des domestiques accoururent, on amena des médecins. Il n'y avait plus rien à faire...

Dans la maison, on n'avait rien entendu, personne n'était entré ; d'ailleurs, pas un tiroir ouvert... Déjà, Ted, d'un œil soupçonneux, considérait deux ou trois valets de chambre, quand son docteur lui dit, à voix basse :

— Voyez le cou de Mme Hambro. Tout est broyé. Il n'y a pas d'être humain qui ait pu l'étrangler avec une force pareille...

Machinalement, Ted regarda la vitrine où était enfermé l'éventail, l'éventail jadis offert à Eppie et qu'il lui avait volé ensuite. Elle était bien close : Ted en portait toujours la clef sur lui. La vitrine n'avait pas été ouverte, et, quelques heures avant, l'éventail y montrait encore son cortège d'êtres fantasques et la jolie silhouette d'une frêle femme aux yeux verts ; mais Ted eut beau se frotter les paupières, puis les écarquiller : son gage d'amour n'y était plus.

Alors Ted Hambro eut un frisson terrible et se souvint des dernières paroles de l'agonisante.

...Eppie avait repris son éventail !

L'homme à la canne d'ivoire

Les habitants de Grésargues connaissaient tous le marquis d'Hivertemps, sinon de vue, du moins de réputation. Depuis trente ans, il habitait aux portes de la ville une demeure magnifique, mais délabrée, d'où il ne bougeait pas et où il ne recevait personne, plus par misanthropie, sans doute, que par fierté.

C'était un jeu favori des gamins de Grésargues que de grimper sur la muraille qui protégeait la villa. A vrai dire, ils voyaient peu de chose, et simplement le vieux marquis marcher à pas lents dans le jardin. Très haut, très maigre et très sec, le nez pointu et les joues rasées, de longs cheveux blancs tombant sur le collet de velours de sa jaquette, toujours vêtu de noir, il s'avançait cérémonieusement, comme à la parade, tenant une belle canne, taillée dans un seul morceau d'ivoire et dont le manche se recourbait en béquille. Aussi, ne l'appelait-on que « l'homme à la canne d'ivoire », et comme nul ne savait la raison de sa retraite, il courait là-dessus, à Grésargues, les plus sottes légendes.

*
* *

Un jour d'automne, alors que les feuilles des arbres rivalisaient en teintes rougeâtres avec les pierres des pavillons, une voiture s'arrêta devant la villa d'Hivertemps. Il en sortit une vieille dame à l'extravagante tenue. Elle avait le type de ces joueuses toujours coquettes que l'on croise si fréquemment dans les salons de Monte-Carlo : cheveux incroyablement jaunes, joues molles et fardées, chapeau à plumes gigantesques. Elle s'installa chez le marquis d'Hivertemps comme chez elle, et le jardinier, qui demeurait tout auprès de la villa, entendit, plusieurs jours durant, cris, disputes, pas précipités, le fracas de scènes furieuses. Les gamins du pays, grimpés sur la muraille, cessèrent de voir « l'homme à la canne d'ivoire », mais à sa place, une sorte de mégère débraillée, qui errait dans le jardin et les invectiva.

*

Puis, un matin, comme vers midi personne encore n'avait paru, le jardinier s'effraya. Il frappa à la porte du marquis : silence. Il courut chez le commissaire de police. La porte enfoncée, on vit par terre, sur un tapis persan, la nouvelle venue, roulée dans une robe de chambre. Elle avait la tête fracassée, et le sang coulait du crâne béant. Le marquis d'Hivertemps gisait au milieu d'un lit indien, en ébène sculpté et fait de plusieurs dragons noués les uns aux autres. Il s'était brûlé la cervelle, et près de lui, on trouva sa belle canne d'ivoire ; des mèches de cheveux sanglants restaient collées à la béquille. A côté du cadavre, une feuille de papier grande ouverte. Voici ce que l'on y lut, écrit de la main même du marquis :

« Que l'on n'accuse personne de ma mort. Je me la suis volontairement donnée, après avoir assommé la marquise d'Hivertemps, mon épouse. Ceci risquant de demeurer obscur, j'estime que je dois expliquer mon acte.

« Il y a trente-deux ans, habitant alors Paris, je fis à Versailles la connaissance de Mlle Francine Escaille. Aujourd'hui encore, je ne puis songer à elle sans trouble. C'était une svelte et pâle jeune fille, au cou renflé et aux yeux couleur de violettes. Elle ne disait que les choses les plus suaves, les plus sensibles, les plus joliment poétiques. Il n'y avait en elle qu'amour de la musique et des voyages, sentiments délicats, douceur. Je l'aimai si passionnément que, bien qu'elle fût la fille d'un accordeur de pianos presque misérable, j'acceptai, afin de l'épouser, de me brouiller avec des parents délicieux et pour lesquels j'éprouvais une vive tendresse. Ni la peur de la mésalliance, ni les conseils de mes amis, ni le blâme de la société ne me retinrent de consommer une union où je croyais trouver le bonheur de ma vie entière.

« Or, un an après le mariage, je fus bien forcé de reconnaître que dans la marquise d'Hivertemps, il ne restait plus rien de la Francine Escaille que j'avais aimée et qui était si belle — ou, tout au moins, que j'avais cru si belle ! Déjà grasse, les traits empâtés, vulgaire, elle ne montrait que la plus commune vanité ou éclatait en aigres reproches. Mesquine, bavarde, envieuse, sans cœur, ce que j'éprouvais en sa présence, c'était la haine. Je me sentais volé comme si, dans une vente aux enchères, j'avais acheté un objet au lieu d'un autre. Posséder ce misérable article de camelote frelatée lorsqu'on a cru acquérir un précieux objet d'art ! La soudaine griserie de la fortune l'avait-elle à ce point transformée ? Je l'ignore. Est-ce qu'une femme mariée est une créature sans rapports avec la jeune fille qu'elle a été ? Je l'ignore aussi. Quoi qu'il en soit, au bout de deux ans, je ne pouvais plus supporter ma femme. Qu'elle eût vite cessé d'avoir la dignité, la vertu, que j'étais en droit de trouver chez elle, qu'elle n'aimât que les plaisirs les plus grossiers, qu'elle ne se plût qu'à table ou dans des sociétés crapuleuses, qu'elle devînt joueuse, lourdement coquette, potinière, méchante et d'une gourmandise honteuse, passe encore ! Ce que je ne pouvais lui pardonner, c'était d'avoir déçu mon amour pour un être que j'avais cru presque divin !

« Je la quittai donc, en lui laissant une fort

belle pension, et je vins m'installer ici. Et alors, par un délicieux prodige, je retrouvai dans la solitude, tout vivant, le souvenir de Francine Escaille, de la Francine d'autrefois ! Il me semblait qu'elle était morte et que je ressuscitais son fantôme. Plus rien, maintenant, ne me choquait en elle. Elle était toujours svelte, fine, délicate. Elle me disait les choses les plus jolies du monde. Je revoyais son cou renflé, ses yeux couleur de violettes. Elle descendait avec moi les pierres usées de l'escalier, son visage blanc se reflétait dans les eaux du bassin ; elle se penchait vers les broderies de buis pour couper une feuille qui dépassait l'alignement. Pendant trente ans, j'ai vécu avec cette légère figure à laquelle mon imagination ajoutait chaque jour un charme nouveau. Que me faisait que dans la réalité la marquise d'Hivertemps fût devenue une cabotine de dernier ordre, traînant sur les planches mon nom à peine modifié !

« J'aurais été heureux longtemps encore si la vraie Francine n'était pas revenue. Je l'avais quittée avant les lois actuelles sur le divorce ; ma maison demeurait la sienne.

Elle s'y installa il y a peu de jours, criblée de dettes, chassée de partout, harcelée par ses créanciers. Au lieu d'un spectre adorable, j'ai revu une femme criarde, ridicule, empoisonnée de parfums violents. J'ai subi ses scènes, ses reproches, ses absurdes récits. Je l'ai suppliée de partir ; elle m'a déclaré qu'elle ne me quitterait plus...

« ...Hier, je l'ai prise par le bras, j'ai voulu la chasser, elle m'a insulté, puis a levé la main sur moi. J'étais à bout de patience. J'ai saisi ma canne, frappé... Un coup sur la tête, un autre, un autre encore. Quand je m'arrêtai, Francine était morte. Je poussai un soupir de soulagement. Mais je compris au même instant que ma vie aussi était terminée. Il n'est pas de mon goût de courir l'aventure d'une arrestation ; cela n'appartient ni à mon âge, ni à ma dignité. J'abdique donc le flambeau sacré ! Mais ce qui m'engage le plus à mourir, c'est que je sens bien maintenant, qu'après l'horrible vision que j'ai supportée tous ces jours-ci, le fantôme divin de ma jeunesse, le fantôme de mon amour, ne reparaîtrait jamais plus ! »

L'oncle Trigance

La voiture quittait Aubagne et entrait dans une grande plaine, semée de vignes, bordée de clairs amandiers. La belle route provençale s'allongeait, craquante de poussière, toute blanche, sous un ciel dont octobre commençait de tamiser l'ardeur.

— Oui, me dit Étienne Artuffel, c'est un curieux personnage que cet oncle Trigance que je vous mène voir. Il a aujourd'hui quatre-vingt-dix-neuf ans. Écoutez son histoire : vous saurez ce que c'est qu'un Provençal de bonne race. Son père faisait le commerce avec le Levant. Quand mon oncle Trigance, alors tout jeune homme, eut fini ses études, on l'envoya en Syrie, en partie pour étudier et accroître les affaires paternelles, en partie pour le guérir d'une peine de cœur. Pendant trois ans, il habita Smyrne, Beyrouth, Damas.

Quand il en revint, il déclara qu'il voulait se marier, et avec une femme de là-bas !

« Vous imaginez la chute d'une pareille nouvelle chez des bourgeois marseillais de 1835, austères et légitimistes. Jeunes gens et jeunes filles, en province, ne s'alliaient alors qu'à des familles amies de la leur. Il y eut des scènes pendant six mois. De guerre lasse, mon grand-oncle lâcha l'autorisation tant désirée et l'on vit arriver une étrange créature, très pâle et très brune, mi-Française, mi-Italienne, mi-Syrienne, du nom d'Aïda Mellina. Elle était paresseuse, menteuse, taciturne et passait son temps à fumer des cigarettes et à manger des confitures. Sa présence fut un continuel scandale dans la famille Trigance. Enfin, elle mourut, d'ennui sans doute, au bout de quelques années.

« Mon oncle n'était pas homme à vivre seul ; il se remaria, et cette fois selon le vœu des siens, à une demoiselle Joséphine Giroud, laide et riche, fille d'un commerçant très connu. Je ne sais trop quel ménage mon oncle fit avec elle, je sais seulement qu'elle lui donna un fils et une fille et qu'à cinquante ans il était veuf de nouveau.

« A cette même époque, une banque importante sautait, emportant ses fonds et ruinant la plupart de ses correspondants. Trigance fut acculé à la liquidation ; il faillit mourir de honte et de colère. La première secousse passée, il reprit courage, se sentant incapable de vivre de l'existence mesquine et chétive qui, désormais, lui était assignée. Il avait autrefois acheté une maison de campagne, entourée de quelques terres. Il se fit résolument cultivateur. Il avait été dépensier, il devint ladre. Économisant sou à sou, il put, avec l'argent que lui rapportèrent ses amandes et ses olives, faire planter quelques vignes, agrandir ensuite sa propriété. Pour redevenir riche, il s'était condamné à l'étroite existence d'un paysan. Il était seul ; son fils, après avoir fait des dettes, avait fini par

se suicider ; sa fille végétait, mariée à un professeur.

« Il y avait dans la ferme une fille belle et brune, rieuse, du type sarrasin le plus pur. A soixante ans, mon oncle Trigance épousa cette claire Cottave, bravant l'opinion publique, le blâme des siens. Et, une fois encore, il fut heureux, dans son entêtement farouche à être riche, à jouir de la vie.

« Aujourd'hui il est veuf de nouveau, sa fille a succombé, aucune affection ne l'entoure et il ne souffre pas, il ne songe qu'à ses vignes, à ses oliviers, et si la mort se présentait à lui et l'invitait à le suivre, il lui demanderait encore une heure pour établir une dernière fois sa comptabilité ! »

Étienne Artuffel s'était tu. La voiture avait quitté la plaine. Les plus beaux arbres apparaissaient, riches de sève, étendant leurs bras comme une bénédiction gigantesque, à peine tachés par l'automne de rose et d'or. Un bruit délicieux d'eaux courantes emplissait l'air. C'était le gai village de Gémenos, avec ses avenues ombreuses. Le petit château d'Albertas montrait ses tours rondes et blanches. Le cheval trottait toujours. La route devint plus étroite. A gauche, au flanc de la colline, s'étageaient des arbres touffus, comme une vieille tapisserie décolorée, ici verte encore, là pourpre et plus loin presque bleue.

Nous nous arrêtâmes devant un portail de bois brun. Artuffel sauta à terre. Je le suivis. Au bout d'une allée de platanes, parut une bastide à toit rouge, cuite et recuite par le soleil et couleur de vieille orange.

Dans la cour de la ferme, on rentrait le foin ; un gros ballot oscillait dans l'air, accroché à une poulie et prêt à s'engouffrer dans le grenier. Des chiens aboyaient. Une femme nous regardait venir, les poings sur les hanches, un mouchoir rouge prolongeant son ombre sur un visage ridé.

Mais alors, un homme se détacha du groupe

des travailleurs; tout petit, voûté, sec comme un sarment, il montrait une figure rasée, énergique et finaude; des yeux noirs comme deux gouttes de café sous des sourcils broussailleux. Des cordes tendaient son cou amaigri. Il avait, comme un paysan, une chemise à pois, avec un col bas, une cravate noire mal nouée et une blouse. Sa main noueuse s'appuyait sur une canne à béquille en corne de cerf.

— Eh! dit-il, voici le neveu. Tu vas bien, Étienne? Tu es ici pour longtemps? Tu vois, je rentre mon foin. Il y avait de gros nuages, ce matin, nous avions peur de recevoir une rincette... Quand le foin est mouillé...

En me présentant, Artuffel interrompait l'oncle Trigance. Aussitôt le vieil homme, pour m'accueillir, quittait sa physionomie bonhomme et narquoise et prenait un air de grand seigneur. Il nous invita à dîner. Nous prétextâmes le prompt départ qui nous forçait de rentrer à Marseille.

— Eh! dit-il, vous venez de Paris? Paraît qu'on n'y peut plus marcher à cause des tramways, des autos. Il y a même un chemin de fer sous la terre, m'a-t-on dit. Les pauvres gens! Parlez-moi du Midi: de l'air, de l'espace, et personne qui vous dispute le soleil. Et quel soleil! Ils l'aiment joliment, mes raisins et mes olives. Je suis allé à Paris, moi, en 67. Il y avait un monde déjà, et un bruit! Vite, vite, je suis revenu. Voyez-vous, un bon Provençal, ça ne peut vivre que chez lui, partout ailleurs il souffre, il se sent mal à l'aise, il est pour ainsi dire en condition. Ici, c'est la liberté!

— Et la santé, mon oncle?

— Peuh! mon garçon, des douleurs par-ci par-là, l'oreille un peu dure... Je ne me plains pas. Pendant les vendanges, je suis debout huit heures par jour. Seulement je suis seul. Ah! si ma pauvre Valentine vivait encore!

Valentine? Je dressai l'oreille. Étienne m'avait bien nommé ses trois femmes: Aïda, Joséphine, Claire. Qu'était-ce donc que Valentine?

— Mes amis, nous dit l'oncle Trigance, venez boire un peu de siquiqui...

Il nous poussait vers la maison. Une fraîcheur de grotte émanait de la salle à manger, tapissée de papiers naïfs représentant des chasses romantiques et sentant le fruitier. De belles pommes séchaient sur la cheminée. Le vieux lui-même ouvrit une armoire, sortit une bouteille de vieux marc délicieux dont il emplit trois verres.

— Une goutte de ça chaque jour, dit-il, voilà qui vous tient gaillard!

Puis il s'attendrit et montra la fenêtre:

— Voilà la place où ma pauvre Valentine s'est tenue tous les jours que le bon Dieu a faits. Elle était si sage, si douce, si jolie! Elle avait l'air d'une image de première communion! Et puis, un beau matin, pauvre de moi! je me suis trouvé seul comme un ermite au désert... Et la solitude, vous savez... Allons, je vais voir rentrer les foins!

Malgré ses protestations, nous le quittâmes. Il nous regarda longtemps descendre l'allée de platanes. Puis il retourna à la ferme.

A peine étions-nous en voiture que je dis à Artuffel:

— Qu'est-ce que c'est donc que cette Valentine?

— J'étais bien sûr que mon vieux vous intéresserait. Eh bien, l'oncle Trigance, à seize ans, a été amoureux d'une jeune fille de l'aristocratie, Mlle Valentine de Puyloubier. En ce temps-là, les classes étaient moins mêlées qu'aujourd'hui. Jamais les Puyloubiers ne voulurent d'un Trigance pour gendre. Ils s'aimaient tous deux comme des fous, et à cause de lui, cette jeune fille entra au couvent. Pour mon oncle, vous savez qu'il alla en Orient. Il a passé près de soixante-dix ans là-dessus. Mon oncle a perdu trois femmes, deux enfants. Eh bien, il a tout oublié. Il ne songe qu'à Valentine de Puyoubliers ; il parle d'elle chaque jour et il la pleure. Seulement, il croit qu'il l'a épousée, qu'il a passé toute sa vie avec elle et qu'elle est morte chez lui, à Géménos. Et depuis vingt ans, il n'a pas prononcé une fois le nom d'Aïda Médina, ni de Joséphine Giroud, ni de sa fille. A part cela, il a toute sa tête...

Le soleil couchant dorait les arbres lumineux de Géménos.

— Au fond, conclut Étienne Artuffel, mon oncle Trigance est un fou !

— Tous les hommes sont des fous, répondis-je. Seulement ils ne le font pas tous savoir !

Le réveillon de Violette

— Alors, Violette, c'est entendu, dit le duc de Campo-Formio, vous réveillonnerez chez moi demain.

La jolie actrice, assise devant sa table à coiffure, à demi vêtue d'un nuageux peignoir, passant sur ses lèvres un bâton de rouge. Elle répondit sans se retourner :

— Oui, mais avec qui ?

— Eh bien, avec la bande habituelle : Marignan, Pierrefonds, les deux Achab, le petit Pérelhain et votre cher auteur, Luca Sperato.

— C'est entendu.

Après un baise-main cérémonieux, le duc de Campo-Formio, raide, corseté, le visage peint, gagna la porte. Et quand Violette eut accompli tous les rites mystérieux de cette religion de soi-même qu'est la coquetterie, quand elle fut habillée, coiffée, prête à sortir ; elle eut un moment de découragement et se jeta dans un fauteuil. Réveillonner chez Campo-Formio, quel ennui, Seigneur ! Et avec quelles gens ! Entendre une fois de plus les rosseries perpétuelles de Marignan, les lourdes plaisanteries de Pierrefonds, voir de nouveau les visages de lépreux des deux Achab ! Et les méchancetés, les rires sournois des femmes, leurs « Ma chère ! » piaillés à tue-tête ! Ah ! non, jamais ! Plutôt se coucher et dormir ! Ou, comme au temps heureux de l'enfance, courir à la messe de minuit !

Temps heureux de l'enfance ! Des souvenirs revenaient à Violette, tendres et légers. Et voici qu'elle revoyait le visage de son meilleur ami d'alors, du camarade de ses jeux, de ce Vincent Oustry, dont elle n'avait plus de nouvelles depuis cinq ans et qui, peintre de grand talent, végétait dans la tristesse.

Violette court au téléphone, décroche l'appareil, demande un autre peintre de ses amis, arrivé, illustre, celui-là :

— Allo ? Le 175-0 ? C'est vous, Richebert ? Vous connaissez bien Oustry, n'est-ce pas ? L'avez-vous rencontré hier ? Veine ! Il est toujours dans la purée, hein ? Comment ? il s'est plaint à vous ? Il est seul ? Il est grippé ? Où demeure-t-il ? Merci, merci ! A bientôt, Richebert ! Venez me voir un de ces jours !

Vincent Oustry n'était pas grippé, mais trop triste et trop malheureux pour accepter une invitation, il prenait ce prétexte, afin de demeurer chez lui.

Ce n'était pas qu'il s'y amusât ! Ah ! Dieu, non ! Mais, au moins, il n'ennuyait personne de ses chagrins, de sa pauvreté. Et il voyait venir Noël, avec horreur, Noël, fête de ceux qui sont nombreux, qui sont heureux ! Qu'avait-il à attendre d'une fête, lui qui était maintenant seul au monde et qui ne croyait plus au succès ?

Il avait cependant décidé de réveillonner et pour ne pas avoir en face de lui, ce 24 décembre, au soir, une place vide, il avait assis à table, dans son vaste atelier, un de ces mannequins en bois articulé, dont se servent les peintres pour étudier des attitudes. Il appelait le sien Darius, il ne savait pourquoi, et en mettant le couvert, il lui parlait gaiement pour se réchauffer l'imagination.

— Ici, tu sais, disait-il, on est simple. Je t'invite, Darius, mais ne te mets pas en habit. Pas la peine ! On est dans l'intimité. Et puis, le réveillon ne te fera pas mal à l'estomac : de la langue froide, un cervelas, qui n'est pas même à l'ail, et une bouteille de faux bordeaux, achetée chez le bistro du coin ! Ça vaut beaucoup mieux à cause de ton régime, tu as les articulations raides, un arthritique comme toi, ça ne doit pas se bourrer de truffes et de champagne. Et puis, tu as déjà naturellement la gueule de bois. Que serait-ce si tu buvais !

Darius écoutait, l'air absent, un coude posé sur la table, une jambe croisée.

— Mais tu ne réponds jamais. Tu es stupide. Si tu continues à être aussi terne que ça, je te ferai inviter à l'Élysée.

Oustry en était là de son monologue, quand on frappa à la porte. Il alla ouvrir et se trouva en présence d'un domestique en livrée qui portait une gerbe de roses. Oustry commença par déclarer au domestique qu'il se trompait sûrement de quartier, mais ce bouquet était bien pour lui, et envoyé par une dame. Le peintre rentra, rêveur, dans l'atelier et mit les roses sous le nez de Darius.

— Voilà, mon vieux, une femme m'en-

voie des fleurs. Une admiratrice inconnue, une grande-duchesse. C'est coquet, c'est mignon ! Mais c'est drôle d'envoyer cinq louis de fleurs à un monsieur qui réveillonne avec trois francs quatre-vingt-quinze !

Et puis, on frappa de nouveau et une femme de chambre mystérieuse se présenta avec un panier d'où elle sortit un pâté de foie gras, une dinde truffée, une langouste, des bouteilles de champagne.

— Tu vois, dit Oustry à Darius, je suis l'objet d'un miracle. A mon âge, c'est un peu inattendu, mais c'est flatteur. Du coup, je vais me faire spiritualiste !

Et comme on frappait encore, il s'écria :

— Cette fois, c'est le Bon Dieu !

Ce n'était pas le Bon Dieu, c'était une femme, jeune blonde, exquise, parfumée, en robe de bal, ornée d'un collier de perles, qui sautait au cou de Vincent et s'écriait :

— Tu ne me reconnais pas, grand niais !

Il se reculait pour mieux la voir, et tout en l'admirant, murmurait :

— Mais... mais... ce visage me dit quelque chose...

— Quelque chose, vieil Aztèque ? Mais je suis Violette, Violette Deixonne !

— Je te demande pardon, Violette, si je ne t'ai pas reconnue tout de suite, c'est que tu étais brune, quand je te connaissais !

— Il n'y a plus de brunes, déclara péremptoirement Violette. Je suis blonde, comme tout le monde ! Ce soir, mon vieux, je devais dîner avec des gens du monde ! Alors j'ai pensé à toi, à notre enfance, et me voici ! Ah ! coquin, m'aimais-tu en ce temps-là !

— Je t'aime toujours, dit Oustry, en soupirant. Tu vois bien que j'étais seul. Ou plutôt avec Darius.

Il montra le mannequin.

— Tu n'es pas jalouse de Darius ?

Ce n'était plus le Vincent Oustry de tantôt, il avait le visage animé, les yeux riants. Brusquement, un grand bonheur inattendu entrait dans sa vie, et gai, faisant des pantalonnades, il sortait des assiettes, des plats, des couteaux, pendant que, très gravement, Violette découpait le poulet et décortiquait la langouste.

— Tu te souviens, Violette, de ta vieille tante Baptistine, qui ne se promenait jamais, même en été, sans sa chaufferette et son éternel châle de cachemire.

— Et ta mère, Vincent, qui ne voulait pas que tu sortes avec moi, parce que tu étais un petit bourgeois, toi, et que j'étais la fille d'un jardinier !

— Un fameux bourgeois, et qui serait joli, à cette heure, sans toi !

Ah ! les « Tu te souviens ! » le chapelet de souvenirs gais et tristes que l'on égrène, n'est-ce pas un des plaisirs de la vie et le plus grand plaisir de cet âge où l'on a plus de souvenirs que d'espérances, et qui vient si vite ! « Tu te souviens, tu te souviens... » Doux visages qu'on ne reverra pas et que l'on aimés plus que la lumière même du soleil, bonnes vieilles cloches qui sonnent dans la mémoire et appellent les fidèles à la commémoration du passé, lettres mortes qui se refroidissent en paix dans les tiroirs, fleurs fanées au fond des boîtes !...

— Tu te souviens de nos rêves, de nos conversations de quinze ans, quand tu voulais te faire peintre et moi, actrice

— Eh bien, nous le sommes !

— Oui, mais tu as du talent et aucun succès, et moi, le plus grand succès et pas de talent.

Et de rire, et de boire ! Ah ! que les soucis étaient loin ! Ils revoyaient Bandol, le joli port provençal où ils avaient passé leur enfance, et les champs dorés d'immortelles, et la douce clarté du Midi ! Et ils retrouvaient leur amour, leur foi, leur jeunesse, leur enthousiasme, si bien qu'après le réveillon, quand Vincent Oustry demanda tout bas à Violette : « Est-ce que tu m'aimes encore un peu, Violette ? » elle lui ferma tendrement la bouche avec un baiser...

A quelques jours de là, le duc de Campo-Formio alla visiter Violette Deixonne dans sa loge et lui reprocha de ne pas être venue chez lui. La jolie actrice surveillait dans la glace le travail de sa coiffeuse :

— Je vous demande pardon, cher ami, j'avais oublié de vous dire que j'étais déjà invitée.

— Où avez-vous donc réveillonné ?

Violette revit l'atelier d'Oustry, et leurs anciens rêves, et leurs jours d'enfance, et tant de souvenirs évoqués ! Elle se tourna gravement vers le duc et répondit :

— En famille !

Le vieil hôtel

Lorsqu'il atteignit sa quarantième année, le comte Maurice d'Herbeville éprouva le désir de quitter momentanément Paris. Il se sentait usé, aigri, les nerfs à bout, comme tout célibataire qui a demandé à son destin tout ce qu'il peut lui donner, hormis le repos. Il avait besoin de calme et de solitude. Divers épisodes de son existence l'avaient profondément troublé, et plus qu'eux tous, une récente rupture avec une femme tendrement aimée et sur le souvenir de laquelle l'oubli ne voulait pas descendre.

**

Sa vie avait été en même temps vide et agitée. Rien d'agréable ne le rattachait à son passé. De son père, brutal et avide de plaisir, il ne se souvenait qu'avec malaise. Sa mère était une créature douce et merveilleusement jolie. Peut-être avait-elle aimé son mari, mais sans doute l'avait-il lassée par ses caprices et sa violence. Mme d'Herbeville détestait son intérieur, sans cesse bousculé par les disputes, par une haine mutuelle. Parfois, au retour d'une promenade, la jeune femme embrassait passionnément son fils, puis s'enfuyait en sanglotant. Maurice avait aimé de tout son cœur cet être fragile, avec une sorte de respect et d'admiration, comme l'on aime quelqu'un de surnaturel qui plane sur votre vie et la protège sans trop l'approcher. Il venait d'atteindre ses quinze ans, quand Mme d'Herbeville mourut, emportée en trois jours par une pneumonie. Et le chagrin de l'enfant fut doublé par le spectacle de l'indifférence paternelle. Ce ne fut que longtemps après qu'il comprit l'affreux drame intérieur qui s'était noué entre ses parents et qu'il jugea avec clairvoyance et sévérité ce père noceur, médiocre et infidèle dont Mme d'Herbeville avait tant souffert. Ce couple malheureux avait déménagé souvent, ne se plaisant nulle part ; et c'était un des regrets de Maurice de ne posséder aucune demeure personnelle, pas une maison, pas un jardin, rien qui lui rappelât quelque chose de ses années de jeunesse. Aussi cherchait-il maintenant à acquérir un coin tranquille, un abri où il pût se reposer d'une vie acharnée tout entière à la poursuite d'un bonheur qui

n'était jamais venu et pour quoi il était maintenant bien vieux.

Il résolut donc d'acheter une habitation dans une ville ancienne. Il écarta d'abord Versailles comme trop près de Paris, faillit se décider pour la Touraine, puis songea à Aix-en-Provence, attiré sans trop savoir pourquoi par l'aspect vétuste de cette somnolente cité.

**

À peine arrivé, il fut heureux de son choix. Les larges avenues plantées de platanes, les fontaines, les places tranquilles où l'herbe pousse, lui donnèrent tout de suite cette impression de calme et de repos qu'il désirait. Une agence lui indiqua un vieil hôtel à vendre, tout meublé, situé dans une des rues étroites qui aboutissent au cours Mirabeau.

En route, l'agent qui accompagnait Maurice d'Herbeville lui raconta l'histoire de ce marquis de Vaufrèges dont on allait visiter la demeure. Il était mort sans testament, et ses cousins, qui l'avaient peu connu, se débarrassaient volontiers de tout ce qu'il leur avait laissé. Le marquis de Vaufrèges, parti très jeune pour Paris, n'était revenu à Aix que vers le milieu de sa vie et pour s'enfermer dans son hôtel. Il avait vécu, sombre et hypocondriaque, ne fréquentant personne, vieillard avant l'âge. On disait qu'il avait beaucoup aimé une femme qui était morte et à laquelle il pensait toujours. Il avait passé trente ans dans la solitude, entouré des souvenirs et des portraits de cette personne.

Ces coïncidences avec son propre destin frappèrent Maurice d'Herbeville. Déjà il se sentait attiré par un intérieur aussi romanesque. Et il se disait que, quelque triste par ailleurs qu'ait pu être son existence, cette inconnue avait dû être bien heureuse d'être adorée ainsi !

*
* *
* *

Réfléchissant ou devisant avec son guide, Maurice d'Herbeville atteignit l'hôtel. C'était une belle construction du XVIII° siècle, qui développait six fenêtres de façade entre les pilastres plats. Deux cariatides énormes encadraient une porte d'un vert sombre, à ornements et à heurtoir de cuivre, et dont les battants ne s'ouvraient qu'à mi-hauteur. Elles soutenaient un balcon qui avait une petite dentelure de zinc et une grille de fer forgé.

La sonnette fit un bruit grêle et argentin. D'Herbeville entra dans un corridor dallé et voûté, d'une fraîcheur d'église, où se déroulait la révolution d'un escalier gigantesque. Des armoiries dorées pendaient aux murs. Il traversa de grandes pièces lambrissées de boiseries blanches.

De là-dedans sortait une étrange odeur de poussière et de passé, un arome de vieilles étoffes, d'antiques meubles, de flacons éventés. Maurice songeait, en allant ainsi de chambre en chambre, à l'existence de reclus qu'avait menée ce Vaufrèges, vivant comme un fantôme, parmi des ombres, ne laissant approcher aucun être humain pour appartenir tout entier à celle qui n'était plus. Et il lui semblait qu'il trouvait dans cette demeure déserte une tranquillité qu'il n'avait jamais rencontrée ailleurs, comme s'il y avait entre ces murs quelque chose de doux, de familier, de déjà vu, qui faisait bon accueil à l'isolé.

— Voici la chambre de M. le marquis, dit un vieux serviteur, en ouvrant une porte.

Elle se trouvait dans l'ombre. D'Herbeville remarqua seulement qu'elle était vaste. Quelqu'un se dirigea vers une fenêtre et le grand jour clair du dehors entra avec tout son soleil. Le visiteur tourna la tête, pâlit et laissa échapper une exclamation de surprise. Une figure qu'il connaissait bien était reproduite au pastel, dans un médaillon, au-dessus du lit. C'était l'image d'une jeune femme blonde, aux yeux très doux. D'Herbeville était allé vers elle, d'un mouvement machinal. Il la dévorait du regard. Cela était impossible, et pourtant, quelle ressemblance ! Et comme il s'approchait d'une commode bombée, il aperçut des photographies dans leur cadre : toutes celles de sa mère ! Il eut un saisissement tel que plusieurs secondes il crut que son cœur allait cesser de battre. C'était donc bien Mme d'Herbeville, cette jeune femme qui tenait un bouquet de roses, sous le baldaquin, au-dessus du lit Louis XVI? C'était donc elle que le marquis de Vaufrèges avait aimée d'un tel amour qu'il n'avait jamais pu s'en consoler? Alors il voulut voir le portrait du marquis. On le mena dans un cabinet : non, cet homme mince, aux tempes dégarnies, aux yeux enfoncés, ne lui rappelait rien; il ne l'avait jamais rencontré !

*
* *

D'Herbeville demanda ce qu'on avait fait de la correspondance de M. de Vaufrèges.

— Trois mois avant sa mort, répondit le serviteur, M. le marquis a brûlé toutes ses lettres... Et il y en avait, il y en avait... Tenez monsieur, là, dans cette cheminée...

Il releva la crémaillère ; un monceau de cendres occupait encore le foyer. Maurice les regardait. Toutes les pensées, toutes les confidences, toute la vie secrète et profonde de l'être qui lui avait donné le jour et qui était resté si mystérieux pour lui, avait flambé ici-même, avant de disparaître à jamais. L'émotion de d'Herbeville était telle qu'il avait peur de s'évanouir !

Il revint dans la chambre. Il demeura, pensif, en face du portrait. Il éprouvait une immense impression de soulagement, de bonheur. Cette femme qu'il avait vu brutaliser par un mari dur et négligent, qui avait été bafouée et méprisée, avait connu cette douceur d'être comprise, entourée, adorée. Toute ten-

5

dresse ne lui avait donc pas été défendue. Elle avait eu un ami, un soutien, un protecteur. Et Maurice se rendait mieux compte maintenant du chagrin qu'il avait ressenti toute sa vie à se dire que sa mère était morte trop tôt pour qu'il pût lui donner quelque consolation. Et voici que les hasards de la destinée lui apprenaient une étrange et douce vérité. Et il songeait avec reconnaissance et avec affection à ce marquis de Vaufrèges qui n'avait jamais oublié...

Devant son silence, l'agent et le valet de chambre s'impatientèrent.

— Si monsieur veut visiter le reste de la maison...

— Non, non, c'est inutile !

— Monsieur n'est pas décidé?

— Au contraire. J'achète l'hôtel. Seulement laissez-moi un moment seul ici...

*
* *

Les deux hommes sortirent. Le comte d'Herbeville poussa un soupir de satisfaction. Il prit une des photographies de la commode, la regarda, et jaunie et pâlie comme elle était, l'embrassa tendrement. Il roula un fauteuil près du lit, il s'assit, et dans ce vieil hôtel provençal où sa mère n'était jamais venue et où quelqu'un avait si éperdument aimé son souvenir, il eut l'impression très douce et très noble qu'après tant d'années d'inquiétude et d'isolement, il était enfin rentré chez lui !

L'énigme

Claude Grujet se souleva avec effort sur le lit où il agonisait depuis trois jours, et me dit tout bas :

— Monsieur, j'ai un service à vous demander, un très grand service. C'est tout à fait indiscret, mais je vais mourir... Et vous avez été si bon pour moi ! Enfin, voici : avant la guerre, j'avais une amie, une amie que j'aimais follement. Elle a été la seule passion de ma vie. Seulement, elle est mariée. Et son mari est jaloux. Je la voyais très peu, car elle était extrêmement surveillée, mais de temps en temps, il faisait un voyage d'affaires et je la rejoignais en cachette. Depuis la guerre, je n'ai jamais pu lui écrire, je recevais de longues lettres d'elle auxquelles je ne répondais que par l'envoi de prospectus, de circulaires dont je soulignais l'adresse. Comme cela, elle savait que j'étais vivant et que je pensais à elle... Alors je voudrais bien qu'elle apprît que je suis mort au feu, et en l'aimant. Je vous donnerai son nom et son adresse, et quand vous passerez par Arles, vous aurez la bonté de la voir et de tout lui dire. Elle s'appelle Mme Féart...

Il s'épuisait visiblement, il me donna encore son adresse, murmura quelques paroles de remerciement, puis se tut.

La mort entrait en lui. Deux heures après, il n'était plus.

Ce dépôt était sacré. Infirmier volontaire, je pouvais m'absenter à mon heure. Je profitai d'une accalmie dans les envois de blessés pour prendre quelques jours de congé et me rendre à Arles.

J'y tombai à la fin de l'après-midi ; une lumière fulgurante et douce baignait la vieille cité romaine, engourdie et méfiante. Je la parcourus avec mélancolie. Les rues à peu près désertes, dont les cailloux pointus sortent de touffes d'herbes, tournaient autour des arènes qui ouvraient sur un ciel sans nuages, leurs arches noircies. Quelques solennelles colonnes se levaient avec une majesté plaintive dans les rayons obliques du couchant.

Et je songeais au pauvre roman de Claude Grujet qui avait tant souffert, moralement et physiquement, avant de mourir dans mes bras. Et je revoyais ce triste visage éteint et creusé, qui essayait toujours de sourire et qui ne le pouvait plus !

Je repérai la maison habitée par Mme Féart. Elle était ancienne et d'austère apparence. Au rez-de-chaussée, les bureaux de MM. Féart frères. Le lendemain, je pris position dans un café voisin et je guettai la sortie de Mme Féart. A trois heures, une jeune femme, très brune, à la démarche onduleuse et fière, franchissait la porte de la maison. Je ne bougeai point de mon poste d'observation. Elle rentra à six heures. C'était sûrement Mme Féart. Cependant je n'interrogeai personne pour ne pas éveiller de soupçons.

Le jour suivant, j'étais au guet de nouveau. La même personne parut à cinq heures. Cette fois, je m'élançai derrière elle, et comme elle tournait le coin d'une rue obscure, déserte et tortueuse, je la rattrapai en deux enjambées et l'appelai à voix basse, tremblant de me tromper et de m'adresser à une autre personne :

— Madame Féart !

La jeune femme se retourna ; je vis un visage magnifique, mais impassible, deux yeux noirs, d'un extraordinaire éclat, des bandeaux épais qui descendaient très bas sur un front pur et poli.

— Je vous demande pardon de vous aborder ainsi, murmurai-je, mais je suis infirmier dans un hôpital et je suis chargé d'une commission pour vous, — une commission extrêmement triste...

La jeune femme recula d'un pas et devint très pâle.

— Qu'y a-t-il? Parlez ! Vite, vite...

— Un ami, qui vous aimait beaucoup, vient de mourir...

Elle me regarda soupçonneusement, comme si elle doutait de mes paroles :

— Son nom?

— Claude Grujet.

Elle demeura impassible. Elle était si pâle qu'elle ne pâlit pas davantage. Je répétai tout ce que le malheureux m'avait chargé de transmettre à Mme Féart. Elle me laissa parler sans m'interrompre, puis, subitement :

— Je vous remercie beaucoup, mais cela ne me concerne pas. Ça doit regarder ma belle-sœur. Moi, je n'ai pas d'ami au feu !

Je demeurai si abasourdi par la surprise que je ne sus d'abord que répondre. Je balbutiai enfin :

— Est-ce que vous ne pourriez pas lui communiquer mon message?

— Non, je ne me charge pas, moi, d'une telle commission !

Elle me fit un salut très sec et me quitta, me laissant tout étourdi.

Terrifié par mon erreur, je courus à l'hôtel. J'y appris qu'en effet, depuis la guerre, M. Féart *junior* s'était marié aussi, mais que les deux belles-sœurs se haïssaient et se faisaient tout le mal possible. Elles habitaient d'ailleurs la même maison... Je dépeignis la femme que j'avais abordée, au patron de l'hôtel.

— Les deux dames Féart sont cousines, me dit-il, elles se ressemblent absolument.

Je pensai d'abord à trouver la seconde Mme Féart. Mais quelque chose me disait que la première m'avait menti et qu'elle était bien l'amie de Claude Grujet. Elle avait tant pâli quand je l'avais abordée ! Ou bien, avaient-elles toutes deux un amant à la guerre? Et puis, elle m'avait laissé parler... A moins que ce ne fût pour avoir contre sa rivale le plus affreux témoignage et la perdre un jour ou l'autre !

J'attendis le dimanche, j'allai à la messe à Saint-Trophime. Je vis sortir Mme Féart au bras de son mari, elle m'aperçut et détourna la tête, elle était tout en noir, mais elle souriait.

Et je n'ai jamais su, jamais, si pour exaucer le vœu d'un mourant, j'avais transmis ses dernières volontés à la femme qu'il avait aimée ou si j'avais donné des armes à sa plus cruelle ennemie !

La momie

Je n'ai certes pas connu Mme Rozée dans des circonstances bien extraordinaires. Je me trouvais un jour chez des amis quand une femme entra dans le salon, si effacée que d'abord je ne pris point garde à elle. Ce fut la douceur de sa voix qui me frappa. Je l'examinai mieux et je vis une personne de trente-cinq à quarante ans, dont la physionomie grave avait quelque chose de mort, d'effacé, de lointain. Quand elle soulevait ses paupières longues et bistrées, on voyait de grands yeux fendus à l'orientale, dorés, mystérieux, pleins d'une nostalgie langoureuse et secrète. Quand ce regard étrange se levait sur vous, on eût dit qu'il venait du fond des siècles, sortait d'abîmes inconnus, et une onde magnétique vous enveloppait, qui semblait en même temps grisante et funèbre.

Le salon de mes amis, qui est vaste, était à peine éclairé. Mme Rozée s'était assise, tout près d'un sarcophage égyptien, en granit gris, qui ornait un des angles de la pièce. Mme Rozée s'aperçut tout à coup de cette présence toute voisine, et se levant avec grand trouble alla chercher place bien loin de lui.

Je ne sus rien ce jour-là de Mme Rozée, mais mes amis s'occupaient beaucoup de spiritisme et des manifestations de l'autre monde. Des mages, des médiums fréquentaient chez eux. Attirée par ce milieu, Mme Rozée revint souvent et nous conta son histoire.

Elle vivait depuis longtemps dans un état d'extraordinaire angoisse, de malaise constant. Elle avait des absences, des vertiges, des peurs inattendues, une nervosité qui devenait maladive. Un soir, obéissant à une impulsion irraisonnée, elle prit une feuille de papier, un crayon, et dans un état d'inconscience absolue, presque endormie, elle laissa courir le crayon.

Ce qui naquit sous ses doigts, ce fut la déclaration d'amour la plus ardente, la plus passionnée qui se pût imaginer. Et Mme Rozée la relisait avec stupeur, avec crainte, comme si elle lui eût annoncé d'invraisemblables malheurs ! Et pendant des mois et des mois elle écrivit sous la dictée de cet invisible correspondant. Elle écrivit un poème d'amour oriental, d'une beauté sublime et saisissante ; elle enregistra les déclarations les plus éperdues, accompagnées d'images fleuries, de métaphores où dansaient les étoiles et où passaient les gazelles du désert.

Mme Rozée finit par connaître toute l'histoire de son amoureux. Il avait été Pharaon dans une dynastie très ancienne ; il s'était marié fort jeune avec une femme infiniment belle, et cette femme était morte rapidement. Et le Pharaon lui avait fait construire un magnifique hypogée au cœur duquel reposaient leurs deux corps. Mais leurs esprits depuis lors se cherchaient, de réincarnation, en réincarnation, et jamais les destins n'avaient permis à ces deux êtres qui s'aimaient depuis plus de trois mille ans de se réunir de nouveau.

Mme Rozée racontait ces choses étranges doucement, mais peureusement, comme écrasée par un sort aussi auguste et aussi grandiose. On eût dit, tandis qu'elle parlait, qu'elle avait peur de déplaire.

Je demeurai d'abord sceptique, je crus que Mme Rozée avait simplement une imagination très fertile, mais elle me porta le cahier où elle avait transcrit les aveux du Pharaon, et j'eus entre les mains un des plus beaux poèmes d'amour de l'humanité, un chant comparable, par endroits, au *Cantique des Cantiques*. Ce n'était qu'un long sanglot éperdu, roulant de page en page, un immense cri de désir, forcené, incessant, riche de couleurs et d'images, et qui tendait tout entier à cette mort dans les bras d'un être adoré qui est le vœu suprême de l'amour.

Et moi aussi, je demeurai anéanti de surprise et d'admiration devant cette confession vivante d'un cœur, qui, dans l'échelle multipliée des réincarnations sans nombre, appelait, appelait sans répit un autre cœur et pour qui les jours innombrables et le poids énorme du temps n'avaient eu que la durée d'une heure, — de cette heure haletante et fiévreuse, où deux jeunes corps s'étaient donnés l'un à l'autre pour toujours !

« Le plus singulier, ajouta, un jour Mme Rozée, c'est que, toute ma vie, j'ai eu le même cauchemar. Sitôt que j'ai reçu une impression pénible, je rêve que je suis couchée au fond d'un souterrain, que je ne peux ni en

sortir, ni y remuer et qu'au-dessus de moi je sens peser la plus lourde des voûtes ! Que de fois aussi, ajouta-t-elle plus bas, quand je me réveille, vois-je dans la faible lumière du matin une forme s'effacer devant mon lit, une forme haute et rude, tout d'une pièce, et qui a les épaules carrées d'une figure de sarcophage. »

Et Mme Rozée demeurait rêveuse, abandonnée à ses visions, et sous ses paupières tombantes, je voyais filtrer un regard d'or, lointain, vaporeux et qui semblait refléter les eaux jaunes d'un fleuve ou des sables illimités !

*
* *

Je passai des années sans revoir Mme Rozée. Puis les hasards de la vie me la firent rencontrer en voyage.

Je l'interrogeai sur le Pharaon.

« Tout cela est bien fini, me dit-elle, il y a longtemps que je ne m'occupe plus de manifestations spirites ! Et je n'ai plus de cauchemars ! »

Nous allâmes visiter ensemble un musée archéologique. On y voit bien des choses saugrenues et aussi des vases étrusques, des médailles grecques, des réductions de galères.

Nous entrâmes dans une vaste salle consacrée à l'égyptologie. Des sarcophages, les uns peints d'hiéroglyphes, les autres taillés dans le granit ou le porphyre, y montraient leurs formes immuables, leurs faces mortes aux yeux fixes. Au fond, une vitrine de momies.

Le soleil dardait en plein sur elles. Nous nous approchions en causant et, soudain, je vis cette chose terrible : le bras d'une momie, mû par un ressort inconnu, se détacha du corps contre lequel il était collé et se dressa en l'air, comme pour faire un signe d'appel.

Au même moment, j'entendis un cri perçant et la chute d'un corps…

Je me retournai : Mme Rozée gisait sur

e plancher. Deux gardiens accoururent. Nous l'emportâmes, mais il n'y avait plus rien à faire : Mme Rozée était morte !

On a raconté depuis que l'action du soleil, réchauffant les fibres desséchées de la momie, avait rendu à l'un de ses muscles son élas- ticité ; j'ai su aussi que le corps exposé derrière les vitres était celui d'un Pharaon inconnu. Et j'ai compris que Mme Rozée s'était enfin rendue au rendez-vous où son éternel amant l'attendait depuis des siècles !

La belle Arlésienne

De toutes les femmes qui aimèrent Pala-mède d'Orfond, celle qui laissa la trace la plus profonde dans sa vie fut certainement cette Marguerite Viviers, que l'on appelait communément la belle Arlésienne. On ne savait au juste ce qu'elle était, ni d'où elle venait, sinon qu'elle était née à Arles. Des filles de cette vieille cité, elle avait le type grec très pur, la peau mate, de longs yeux veloutés. Quand elle parut dans la ville où habitait Palamède d'Orfond, elle était veuve et fort riche. Des bruits fâcheux coururent sur elle ; on raconta qu'elle n'avait jamais été mariée, mais qu'ayant eu une fille de son amant, elle recevait de lui des rentes régulières et considérables. On ne sut jamais exacte-ment la vérité. Marguerite Viviers était très belle encore quand elle rencontra Palamède d'Orfond et qu'elle l'aima.

Il était lui-même assez habitué aux meil-leures fortunes. C'était un joli homme roux alerte et musclé, à qui sa barbe en pointe, son air sûr de soi et ses yeux verts et très lumi-neux donnaient un certain air de grand sei-gneur de la cour des Valois. Il faisait pro-fession d'être un homme d'amour, et, à vrai dire, rien dans la vie ne lui paraissait digne d'estime, hors de passion. Il rencontra Mar- guerite Viviers dans un concert de charité, pour elle comme pour lui, ce fut le coup de foudre.

Leur liaison devait durer dix ans. Il n'y eut jamais deux êtres plus épris l'un de l'autre ni plus fidèles. Ils ne se cachaient rien, s'entendaient en toute chose et leur parfaite communion était aussi bien morale que physique.

La fille de Marguerite Viviers, Mireille, avait dix ans quand sa mère connut Pala-mède d'Orfond. Elle grandit dans l'ombre passionnée de cet amour, et elle devint une belle jeune fille brune, qui avait le type grec de sa mère, sa noble démarche arlésienne et ses yeux veloutés ; elle lui ressemblait en tout — mais avec vingt ans de moins !

Vers la neuvième année de sa liaison, Pala-mède d'Orfond causait un soir d'automne avec sa maîtresse dans le petit salon de la villa qu'il habitait. Au dehors, de grands arbres rouges projetaient leurs cimes comme des flammes sur un horizon de sombre pourpre. Une odeur montait des parterres marécageux où poussaient des champignons, où montaient les asters.

La porte s'ouvrit, une belle fille entra brune, blanche, aux cheveux dénoués. Elle courait et bondissait librement, ses jupes étaient si courtes encore que, dans ses espiègleries, elle montrait ses jambes jusqu'aux genoux, de hautes jambes fines, longues, délicatement musclées. Sa jeune gorge commençait d'enfler son corsage de mousseline.

Mme Viviers surprit le regard que son amant jeta à Mireille, et elle en tressaillit comme d'un coup de fouet. Il souriait d'un sourire qui la crucifia.

« Palamède, dit-elle, voici la première minute d'angoisse que vous me donnez depuis neuf ans. C'est le commencement du malheur !»

La belle Arlésienne ne se trompait guère. Palamède d'Orfond devint amoureux de Mireille et amoureux à en perdre la tête. Et cependant, il ne cessait pas pour cela de chérir Mme Viviers, car Mireille, c'était sa mère à vingt ans ! Il ne les séparait point, disait-il, dans sa passion renouvelée. Mais Marguerite n'en reçut pas moins une profonde blessure au cœur quand elle trouva son amant dans les bras de sa fille !

Elle ne dit rien, elle se sacrifia en silence. Palamède épousa Mireille. Ce fut un beau mariage. De la maison nuptiale à l'église, le jour des noces, les rues que parcourut le cortège furent jonchées de fleurs, roses blanches, et violettes, et rameaux de mimosas et branches d'amandiers tout en neige... Seulement, le lendemain de la cérémonie, on trouva la belle Arlésienne pendue dans son alcôve !

Palamède et sa femme en eurent un immense chagrin ; dans leur affliction, ils firent construire à la défunte un magnifique tombeau. Elle y était représentée dans un médaillon central, en costume national, et la corde au cou !

Et pendant des années, chaque dimanche, M. et Mme d'Orfond vinrent porter des fleurs sur la tombe de Mme Viviers et prier devant son image. Cette visite avait même pris à la longue un certain caractère rituel auquel les gardiens du cimetière s'intéressaient vivement.

On voyait le couple sortir d'un coupé extrêmement luxueux, tout jonché de fourrures blanches, qui s'arrêtait à la grille. Avait-il plu, le sol demeurait-il humide, faisait-il froid, Palamède, qui était robuste, emportait dans ses bras Mireille, qui était fragile, jusqu'au mausolée maternel. Puis, il la remportait de la même façon.

Il aimait infiniment sa femme, et leur union paraissait très bien assortie, mais au fond de son cœur, il ne cessait pas de regretter Marguerite.

Toute sa vie, il devait être fidèle à cette tendresse, à ce souvenir, à ce remords. Et sa jeune femme partagea longtemps cette passion de sa mémoire.

Mais la vie finit par s'en prendre à l'amour de M. d'Orfond et de Mireille. L'humeur capricieuse et changeante de Palamède empoisonna leurs rapports ; elle répondit à ses bizarreries par des scènes de jalousie. Les fureurs vinrent, puis la rupture. Et un nouveau printemps naquit dans le cœur de Palamède.

Au ciel renouvelé, les vents de mars faisaient la chasse aux derniers nuages. Les rayons de soleil sentaient la jeune pousse et le bourgeon gommé. L'herbe cachait des violettes sous ses fins cheveux flottants. Les gardiens du cimetière remarquèrent que le tombeau de la belle Arlésienne était abandonné depuis trois mois et que nul ne le visitait plus.

Mais, un dimanche pluvieux, la voiture aux fourrures blanches s'arrêta devant la grille. Palamède en descendit, portant comme d'habitude un être fragile et précieux dans ses bras. Traversant les allées, il vint s'agenouiller avec lui devant le tombeau de Marguerite Viviers. Ils portaient des gerbes de roses d'iris et de mimosas qu'ils déposèrent devant le médaillon.

Seulement, quand M. d'Orfond remporta son cher fardeau, les gardiens, qui s'étaient approchés de lui, s'entre-regardèrent avec surprise : Palamède, lui, n'avait pas changé — mais la femme n'était plus la même !

Le David de bronze.

Je venais d'entrer dans ma seizième année, quand je fus atteint d'une bronchite dont les conséquences inquiétèrent ma famille et les médecins. Il fut décidé que je vivrais dorénavant au grand air.

Mes parents possédaient, hors de la ville, une vaste propriété, nommé Champsecret, dont les vastes bois jouxtaient deux ou trois villages perdus dans les pointes extrêmes de leurs verdures. Ce fut là que je m'installai aux premiers jours du printemps. J'habitais avec mon précepteur, un charmant prêtre un peu lunatique, l'abbé Souverbie, l'aile gauche d'un grand château Louis XIII, qui me faisait rêver d'aventures galantes. Je travaillais d'ailleurs très peu, et deux ou trois heures par jour. Le reste du temps, je vagabondais.

Je m'étais pris tout d'un coup d'une passion violente pour la nature. Les premières floraisons me donnaient des émotions angoissantes et douces comme un rendez-vous d'amour. J'aimais entendre le bruit du vent dans les feuillages, lointain, musical, puis soudain violent, passionné et enfin fraternel comme le conseil d'un ami. Je me couchais par terre pendant de longues heures, respirant cette haleine chaude qui monte des entrailles du sol, écoutant le sourd murmure des mille existences qui grouillent sous le couvert des herbes. Puis, je partais, cheveux au vent, appelant je ne sais quelle divinité qui me fuyait, trempant mes mains dans les sources.

Le soir, je revenais au château, heureux, affamé, et j'écoutais l'abbé Souverbie me parler de Lucrèce ou de Salluste.

Dans un des villages dont j'ai parlé, habitait un vieil ami de mes parents auquel ils me recommandèrent et à qui je pris l'habitude de rendre visite régulièrement. Célibataire et assez riche, il logeait dans la plus jolie villa du pays.

Aujourd'hui, encore, je ne peux penser sans attendrissement à M. Jérôme Péréglise. On se le représentait volontiers les cheveux poudrés, en culotte courte et en veste surbrodée, tant il avait spontanément la grâce galante, l'affabilité et le tour d'esprit épigrammatique d'un siècle évanoui. Il s'habillait cependant comme nous tous, mais la livrée de l'homme moderne semblait plus ridicule sur lui que sur quiconque. Il était passionné à la fois de mémoires et de bibelots, lisant sans cesse les uns et collectionnant les autres. De temps en temps, il faisait à Paris une expédition d'où il revenait chargé de trésors.

Dans sa villa, les pièces se suivaient, claires, tendues de vieilles tapisseries à fils d'or. Dans l'une, on trouvait la Chine et la Perse ; dans l'autre, le XVIIIᵉ siècle français, anglais ou vénitien ; ailleurs, la Renaissance italienne. Près de son lit, sur une console légère, un petit bronze florentin du xv⁰ siècle étirait sa forme pure et un peu gauche ; c'était David remettant au fourreau son glaive, un David casqué et charmant, adolescent à peine.

M. Jérôme Péréglise le tenait parfois à la main, quand il allait d'un salon à l'autre. Il aimait à le caresser, tout en parlant, d'un geste presque machinal.

— C'est la plus belle trouvaille de ma vie, disait-il. Et il ajoutait, avec un fin sourire satisfait et un soupir :

— « Je l'ai acheté pour un morceau de pain... Ah ! c'était le beau temps !

M. Péréglise recevait de loin en loin la visite d'un collectionneur de Paris ou plus fréquemment de quelques voisins. Parmi ceux-ci, je rencontrai souvent chez lui un couple bizarre qui m'étonna fort et même ne laissa pas de m'inquiéter.

Je sais bien qu'il est toujours facile, les événements terminés, de croire qu'on a eu une minute de prescience et de s'attribuer après coup une lucidité flatteuse, mais somme toute honoraire. Cependant, plus je me représente M. et M⁰⁰ de Balestrin, plus je retrouve en moi la même impression de gêne et d'anxiété.

L'homme, bien qu'il dût avoir quarante-cinq ans, paraissait tantôt plus jeune et tantôt plus âgé. Il avait une physionomie en quelque sorte double ; parlait-il, il exprimait avec loquacité une humeur bienveillante, rieuse, protectrice ; se taisait-il, son visage se tendait, devenait dur, méchant, angoissé. Par moments, dans l'un et l'autre cas, un éclair vite réprimé traversait ses yeux jaunes, éclair de peur, de vertige moral, de détresse. Avec cela, maigrichon, voûté, une mâchoire de félin et des cheveux visiblement teints, plantés bas sur un front têtu. Il se vêtait avec une élégance de mauvais goût qui cachait mal sa gêne. Ses mouchoirs de soie multicolore, ses parfums violents, ses bagues excentriques ne dissimulaient guère l'usure de ses vestons, les bosses de ses pantalons, les franges de ses manchettes et de ses faux cols.

La femme qui l'accompagnait dans la vie semblait un de ces pauvres êtres résignés à leur destin et qui ont renoncé à la lutte. Elle était grande, molle, trop blonde, avec un de ces teints qui semblent bouillis et ces cheveux décoiffés dont une mèche rebelle s'échappe toujours par quelque bout, retombant sur la tempe ou se déroulant derrière l'oreille.

Devant son mari, cette malheureuse créature semblait tremblante de crainte et de respect. Elle l'approuvait en tout, le regardant sans cesse pour quêter son appui ou son opinion et quand il promenait soudain sur nous tous, dans ses moments de distraction, cet œil jaune et dur dont j'ai parlé tantôt, elle avait dans tout son être une sorte de frémissement instinctif et apeuré, comme celui des chiens souvent battus, quand leur maître s'approche d'eux, en les menaçant.

Cet étrange couple habitait une maisonnette voisine de la villa de M. Péréglise : maisonnette d'apparence gracieuse, quoique modeste, et que précédaient un bosquet de grands arbres et un jardin potager. Ils semblaient à leur aise, malgré leurs vêtements sans fraîcheur, et parlaient volontiers d'art et de bibelots.

Ce fut cette circonstance sans doute qui les faisait bien voir de M. Péréglise et permit leur intimité avec lui. Comme tous les maniaques, il perdait, en effet, tout contrôle vis-à-vis de ceux qui partageaient sa manie. Au surplus, M. de Balestrin ne manquait pas d'une certaine érudition artistique ; il semblait avoir beaucoup voyagé, connaître bien les musées d'Europe et les principaux antiquaires du continent. Malgré tout, il avait moins l'air d'un amateur que d'une manière d'homme d'affaires bizarre et douteux, malgré son intelligence.

— Savez-vous quelque chose de M. de Balestrin? demandai-je un jour à M. Péréglise.

— Pas grand'chose ! répondit-il. Il paraît qu'il prépare un important ouvrage sur les émaux. Il en a eu d'assez beaux autrefois, mais des revers de fortune l'ont forcé de s'en débarrasser. Deux antiquaires, Melchissédec et Laforêt, m'ont très avantageusement parlé de lui.

Cette recommandation ne me disait pas grand'chose qui vaille. Je me méfiais de ce qu'un homme aussi difficilement classable que M. de Balestrin pouvait avoir à démêler avec des marchands aussi peu recommandables que Melchissédec et Laforêt. Mais ces constatations, je les faisais en passant, et sans y ajouter beaucoup d'importance, car ma propre vie, à ce moment, m'occupait davantage que celle de M. Péréglise ou des Balestrin.

L'abbé Souverbie me reprochait même assez régulièrement mon égoïsme et me débitait là-dessus de fort belles maximes philosophiques d'un usage d'ailleurs peu pratique, comme la plupart des formules morales émises par les sages antiques et dont on sent bien qu'elles étaient pour eux un admirable exercice intellectuel plutôt que des préceptes de vie courante.

En réalité, je n'étais pas égoïste, mais j'étais jeune. Je traversais cet âge absurde et délicieux où l'on est trop bouleversé par la découverte quotidienne que l'on fait de l'univers pour mêler à ses émotions personnelles les reflets de la vie d'autrui.

Grisé par la nature, combattant à l'aide d'exercices violents les aspirations incertaines de mon être, séduit et attiré par les choses les plus différentes, rêvant chaque jour de mener une vie nouvelle, je m'enfonçais et me perdais dans les méandres de ma propre conscience. Au milieu de ces hésitations et de ces transports vagues, j'étais bien excusable de m'occuper si rarement de mon vieil ami, M. Péréglise, ou des manigances de M. de Balestrin.

D'ailleurs, j'y eusse prêté une attention plus soutenue que je n'eusse rien changé aux événements qui eurent lieu à peu de temps de là et qui bouleversèrent toute ma vie, ainsi que vous allez le voir.

Un matin, au moment où je sortais de ma chambre pour gagner la salle à manger, je vis se dresser devant moi l'abbé Souverbie rouge, épouvanté, sa perruque de travers.

— Jacques, me cria-t-il, M. Péréglise est mort !

De mon état maladif, dont je n'étais pas encore complètement guéri, je gardais une sensibilité spéciale et particulièrement douloureuse. De plus, les idées funèbres m'affectaient comme elles le font dans l'adolescence. Je rougis et me mis aussitôt à trembler.

— Mort ! M. l'abbé ! Et de quoi?

— Assassiné, mon cher enfant, assassiné. Faut-il qu'il y ait des misérables sur la terre ! Ah ! le déluge a bien peu servi de leçon à l'humanité ! »

Je laissai l'abbé Souverbie tirer une moralité à mon usage des exemples de l'histoire sainte et volai à l'office demander des renseignements supplémentaires. On m'y apprit qu'en entrant de bonne heure dans sa chambre, Jude, le valet de chambre de M. Péréglise, l'avait trouvé par terre, la tempe brisée à coups de marteau. La police, comme l'on dit dans les journaux, était sur les lieux du crime.

Ce meurtre me troubla profondément. C'était la première fois que j'apprenais la terrible transformation d'un vivant en un mort, de quelqu'un que j'eusse approché. Les circonstances affreuses de cette mort achevaient de m'affoler. Trente fois par jour, avec une sorte de délectation morose et l'impossibilité totale d'échapper à cette hantise, je me répétais en frissonnant tout ce que je savais de cette aventure. Je me représentais jusqu'à hallucination la chambre en désordre, le cadavre écrasé contre le sol, le nez sur le tapis, les taches de sang. Et mes nuits étaient traversées d'épouvantables cauchemars.

Le vol avait certainement été le mobile du crime. M. Péréglise avait l'intention de se rendre le lendemain à Paris, pour y faire un achat important. Une somme, qui ne devait pas être inférieure à 300 000 francs, avait disparu. Quelques objets de la collection du vieux maniaque manquaient aussi : diverses miniatures, une bonbonnière enrichie de diamants et ce Dacid de bronze qui ornait sa chambre à coucher et que M. Péréglise aimait à voir tout près de lui, à portée de sa main, quand, au matin, il ouvrait les yeux.

L'enquête de la police ne révéla rien. Jude et le maître d'hôtel furent soupçonnés pendant quelques jours, voire inquiétés, mais leur innocence fut rapidement établie.

L'assassin semblait fort au courant des coutumes de sa victime ; mais on fut généralement surpris que, dans le choix qu'il avait fait de certains objets, il eût négligé les plus précieux. C'était donc un ignorant en matière artistique, mais alors comment se faisait-il que quelqu'un si peu au courant de l'importance de ses collections connût exactement les jours où M. Péréglise avait fait une rentrée ? Il était vrai aussi que le cambriolage avait pu être décidé sans que les voleurs eussent soupçonné l'existence fortuite des 300 000 francs et que le hasard seul les eût aussi merveilleusement servis.

Tous les amis de M. Péréglise partagèrent mon affliction, et, en particulier, M. et Mme de Balestrin. La leur fut d'autant plus vive que M. de Balestrin laissa comprendre à plusieurs reprises qu'il perdait en M. Péréglise, non seulement un ami, mais un protecteur généreux auquel il avait fait fréquemment appel, quand il s'était trouvé en butte à certaines difficultés pratiques, dont il n'était pas entièrement délivré. Et je compris que M. de Balestrin comptait justement sur

l'aide, maintenant évanouie, du vieux collectionneur pour en sortir tout à fait.

Cette mort tragique agissant sur mon organisme débilité, recommença de me donner quelques-uns des symptômes pour lesquels on me soignait. J'eus de nouveau de la température tous les soirs, de la céphalalgie, des troubles nerveux inquiétants. Je dormais si mal, et avec de pénibles angoisses, que plutôt que de me coucher de bonne heure, je préférais prolonger mes promenades nocturnes dans les bois, m'attarder, bien au delà de minuit, dans les fourrés et les clairières où mon plaisir était de surprendre les secrets de la vie des bêtes.

Pendant une des nuits qui précédèrent la pleine lune, j'avais eu l'idée de grimper dans un chêne où je me plaisais parfois à observer pendant des heures, assis à la fourche de deux branches, en un lieu, ma foi, assez confortable. Perdu dans un monde de feuilles, je m'abandonnais à toutes les émotions romantiques dont mon cœur était plein et j'imaginais les amours les plus belles et les aventures les plus romanesques, tandis qu'un vent frais et doux me caressait le visage et faisait frémir les frondes tout autour de moi et que des chemins blancs, comme ajourés et découpés, glissaient bizarrement à travers le bois.

Je ne sais combien de temps ma rêverie se prolongea. Un bruit de chuchotements et de pas étouffés m'en fit sortir. La lune était basse, presque au ras de l'horizon, quand je vis deux silhouettes traverser un de ces courts espaces lumineux dont je viens de parler. Bien que déjà pâlissante, la clarté était encore assez pure pour que je reconnusse M. et Mme de Balestrin.

L'idée qu'ils faisaient une promenade sentimentale dans cette partie du bois, assez éloignée de leur habitation, me parut d'abord extrêmement bouffonne, et je me retins pour ne pas éclater de rire à cette pensée. Mais l'instant d'après, je subis une sorte de frayeur.

M. de Balestrin portait, en effet, sous son bras, une caisse assez lourde qu'il posa avec précaution au pied même du chêne où j'étais juché. Puis sa femme, sans mot dire, lui tendit une bêche avec laquelle il se mit en demeure de creuser la terre. Je le regardai avec stupeur et curiosité, sans qu'aucun soupçon me frappât et sans que, malgré l'excentricité de son action, je la liasse dans mes réflexions à la mort tragique et inopinée de M. Péréglise.

Soudain, il se fit une association subite entre ces deux idées, et celle qui me vint fut si terrible que je me mis à trembler au point que je redoutai de m'évanouir ou de me laisse choir de mon arbre. Était-il possible que M. de Balestrin fût l'assassin de ce pauvre M. Péréglise? Je ne pouvais le croire et je fis un grand effort pour me refuser tout droit de conclure avant de mieux savoir de quoi il retournait.

Cependant, M. de Balestrin creusait toujours son trou : quand il fut assez profond, il y descendit la caisse et la recouvrit ensuite de terre, puis de mousse et de feuilles mortes. Après quoi, je le vis tirer de sa poche un papier qui devait être un plan et y faire dessus des griffonnages. Je supposai qu'il notait l'emplacement exact du chêne. Ce travail dura assez longtemps. Sa femme s'était accroupie par terre auprès de la pioche. Sans doute se laissa-t-elle aller à somnoler, car elle ne répondit pas quand M. Balestrin l'appela pour partir. Il lui donna alors dans les reins un violent coup de pied qui la mit aussitôt debout.

— Eh bien, dit-il brutalement, tu ne viens pas? Tu trouves sans doute que notre absence ne s'est pas suffisamment prolongée?

Elle ramassa la bêche et le suivit. Ils disparurent dans l'ombre. Je demeurai longtemps à rêver sur cet incident. Je brûlais de creuser le sol à mon tour et de découvrir la mystérieuse caisse. Que contenait-elle? Je ne doutai pas d'y trouver la clef de l'assassinat.

Je ne pus dormir jusqu'à l'aube et passai dans la fièvre et l'impatience la journée du lendemain. Sitôt la nuit venue, je me mis aussi en campagne, cachant sous mon manteau léger une pioche. Quelle aventure ! Chaque bruit, le détalement du plus faible animal, un déplacement des moindres ombres me donnait un frisson. Je courais pour arriver plus vite ; je tremblais que, changeant d'avis, M. de Balestrin n'eût déménagé son butin avant moi...

Non, rien n'avait changé de place, mousse, feuilles mortes, ni caisse. Je remis la terre en place, le trou une fois vidé de son trésor, puis je repris ma course, aussi rapidement du moins que je le pus, car ce fardeau pesait lourd sur mes bras !

Je rentrai chez moi sans rencontrer personne. A peine dans ma chambre, je fermai la porte à clef, allumai une pauvre bougie ; mais la caisse était hermétiquement close : je dus m'armer d'un ciseau à froid, d'un marteau, faire sauter le couvercle... Déjà j'amenais à la lumière une statuette de bronze florentin — le *David* — une bonbonnière enrichie de diamants, des miniatures... Ma tête tournait, j'avais des bourdonnements d'oreilles, je voyais M. de Balestrin se ruer sur M. Péréglise, lui briser la tempe à coups de marteau.

En hâte, j'enfouis de nouveau ce précieux butin dans la caisse et cachai le tout au fond d'une antique armoire de ma chambre, sous un tas d'objets hors d'usage, comme on en trouve dans les vieilles propriétés. Il était temps : rendu de fatigue et d'émotion, je chancelai et vins m'évanouir sur mon lit !

A la suite de cet incident, j'eus une fièvre cérébrale qui me laissa un mois entre la vie et la mort. On l'attribua en partie à l'émotion causée par l'assassinat de M. Péréglise, car j'en parlai souvent dans mon délire. Mais si je donnai là-dessus quelques détails qui eussent pu renseigner mon entourage sur le secret que j'avais découvert, personne n'y prêta attention ; au surplus, mes parents se préoccupaient davantage de ma santé que d'un problème de police.

Quand je fus à peu près guéri, on m'envoya en Suisse où je demeurai plusieurs années. Je restai longtemps faible et languissant. A diverses reprises, il m'arriva de repenser à la mort de M. Péréglise, mais j'écartai ce souvenir de mon esprit, ne sachant que trop ce qu'il avait failli me coûter.

Cependant, quand je revins à Champsecret, je ne pus m'empêcher de demander des nouvelles des Balestrin.

On m'apprit qu'ils avaient quitté le pays environ six mois après mon propre départ et que nul ne savait ce qu'ils étaient devenus. L'affaire était donc enterrée, comme l'on dit.

Après quoi, je revins à Paris et devins peu à peu un homme. Ma vraie vie se dégagea de ces bandelettes de l'adolescence qui l'avaient enserrée si longtemps et je cessai petit à petit d'être cet enfant attardé, rêveur, émotif et malade qui avait failli mourir pour avoir surpris un secret trop lourd pour lui. Je cessai de songer à M. Péréglise, à M. et Mme Balestrin et j'aurais fini par les oublier complètement, si...

Mais le dernier incident de cette histoire remonte à peine à un mois, et dix ans s'écoulèrent entre la mort de M. Péréglise et lui.

Il y a donc quelques semaines, je descendis dans un hôtel de Versailles afin d'y passer agréablement le temps des grandes chaleurs.

Le hasard, le soir même de mon arrivée, plaça en face de moi un homme âgé, mais dont la figure me rappelait confusément un visage rencontré.

J'avais beau scruter les traits, je ne réussissais cependant pas à les reconnaître. Il était chauve, un peu lourd d'aspect, la mâchoire solide. Soudain, comme il se tournait avec colère vers le maître d'hôtel pour lui faire une observation, je vis sous sa paupière fatiguée son œil jaune jeter sur lui un regard à la fois dur et peureux.

Ce regard-là était inoubliable : en une seconde, je revis Champsecret, les grands bois

de sapins et de chênes enveloppant deux ou trois villages de leurs branches extrêmes, la villa de M. Péréglise, les collections de bibelots dans leurs vitrines, M. Péréglise lui-même si bon à la fois et si distrait : et je vis surtout la maison de M. de Balestrin, et, derrière ses arbres, la molle Mme de Balestrin, blonde et défaite, et son terrible mari, cérémonieux et sournois, érudit et douteux, avec ses cheveux plantés bas et ce regard jaune que je venais de retrouver devant moi, aussi cruel, aussi traqué qu'il y avait dix ans, mais plus brutal cependant et plus autoritaire, comme si devant le fantôme peureux qui s'agitait dans l'âme de M. de Balestrin se montrait maintenant quelqu'un qui avait les moyens pratiques de se révéler aux yeux de tous, impérieux, hautain et sûr de soi — quelqu'un de riche, en un mot !

Mon admiration, mon dégoût et ma surprise furent sans bornes. A peine mon repas fini, je courus au bureau des renseignements.

Là, j'appris avec surprise que le prétendu M. de Balestrin s'appelait tout simplement M. Clovis Gonard, qu'il était agent de change et que, depuis plusieurs années, il venait, dans cet hôtel, passer deux mois d'été. Etait-il possible que je me fusse trompé à ce point? La salle à manger était vide, Il me fallait attendre le soir.

A dîner, mes doutes augmentèrent. Je ne retrouvais M. de Balestrin que lorsque sa paupière lourde et bistrée laissait filtrer cet inoubliable regard lâche et violent, mais deux hommes au monde ne pouvaient-ils avoir un regard pareil? Pour le reste, aucun détail ne me semblait caractéristique.

Je voulus parler à M. Clovis Gonard dans l'espoir de reconnaître le son de sa voix. Je cherchai plusieurs jours, sans y réussir, le moyen de l'approcher. Nous nous trouvâmes cependant un soir au salon de lecture, devant une table chargée de journaux.

Au moment de saisir *le Gaulois*, je demandai à M. Clovis Gonard, qui hésitait comme moi, s'il ne désirait pas le lire. Il répondit poliment, mais brièvement. Je tentai d'amorcer une conversation : il se déroba.

L'instant d'après, il avait quitté le salon.

Je conclus d'abord qu'il m'avait reconnu. Mais je jugeai ensuite que ce départ ne prouvait rien. Car, même s'il avait distingué en moi le jeune ami de M. Péréglise, il ignorait que j'avais assisté à la scène de l'arbre. Il pouvait en ce cas ne pas être à son aise en ma présence, mais c'était tout et je ne le gênais en rien.

Et, en effet, quand bien même j'eusse obtenu la preuve que M. de Balestrin et M. Clovis Gonard fussent une seule et même personne, que pouvais-je faire contre lui, et m'était-il possible de le punir de la mort de M. Péréglise?

Le dénoncer? Et puis, après? Quelles preuves fournirais-je de mes affirmations? Ma simple parole? C'était insuffisant pour faire condamner quelqu'un. J'avais vu — j'avais cru voir, peut-être — dix ans avant, M. et Mme de Balestrin enterrer par une nuit mal éclairée, au pied d'un arbre, un coffret contenant certains bibelots de M. Péréglise. Il fallait plus que cela pour entraîner la conviction d'un juge d'instruction, d'un procureur de la République — de tout un jury ! D'ailleurs, l'affaire était classée. Qui se souciait encore de M. Péréglise? Je n'avais qu'à me tenir tranquille !

Eh bien, non, je ne voulais pas me tenir tranquille, mais, tout au contraire, avoir le cœur net de cette affaire. A force de ruminer des projets, je faillis perdre le sommeil, comme dix ans avant. Mais cette fois-ci, si les deux personnages n'en faisaient qu'un, ce serait M. Gonard qui connaîtrait l'insomnie!

Je ne m'étais jamais séparé du *David* de bronze ni des autres bibelots. Un secret ins-tinct m'avait toujours dit que ces objets trouvés par hasard me serviraient un jour à découvrir le criminel. J'allai les chercher chez moi, à Paris, et le soir même, sachant Gonard absent, je me trompai en prenant sur le tableau sa clef au lieu de la mienne.

On me connaissait bien, on ne s'avisa pas de ce que je faisais : nous habitions au même étage. J'entrai chez lui, je plaçai hâtivement la statuette de bronze sur sa table de nuit avec une enveloppe, toute blanche, fermée. Elle ne contenait qu'une feuille qui portait ces mots : « M. Péréglise se rappelle au bon souvenir de M. Clovis Gonard, ci-devant M. de Balestrin. »

Je refermai la porte, j'accrochai la clef à son clou et j'allai passer la soirée au cinéma.

Quand je rentrai à l'hôtel, je surpris des visages anxieux, tout le monde se tut à mon approche. Je vis courir dans l'escalier un garçon tout pâle. En entrant dans ma chambre, je sonnai.

La femme de chambre parut.

— Eh bien ! que se passe-t-il? lui demandai-je.

— Monsieur ne sait donc pas le malheur qui nous arrive !

— Mais non, lequel?

— Le voisin de Monsieur, le monsieur du 74, M. Gonard, vient de se brûler la cervelle dans sa chambre... Une heure seulement après d'être rentré chez lui... Vous pensez si ça va en donner de l'ennui, aux patrons !

Je ne m'étais pas trompé dans mes calculs : M. de Balestrin et M. Gonard ne faisaient qu'un ; mais j'ai perdu dans l'affaire le petit *David* de bronze, auquel je tenais et que j'aurais voulu conserver pieusement en souvenir, non seulement de M. Péréglise, mais de l'aide puissante qu'il me donna dans ma lutte avec son assassin.

TABLE DES MATIÈRES

LES ŒUVRES COMPLÈTES

D'ALFRED DE VIGNY

POÉSIES — ROMANS — THÉATRE
ŒUVRES POSTHUMES — CORRESPONDANCE

NOTES ET COMMENTAIRES, par Léon SÉCHÉ

ÉDITION COMPLÈTE en 12 volumes de luxe de 250 pages environ, imprimés sur beau papier vergé avec des caractères spécialement fondus pour cette collection

(FORMAT 11 × 18)

Le volume broché . . . . 2 fr. 95
Relié toile pleine. . . . . 4 fr. »
Relié 1/2 basane fers spéciaux. 5 fr. »

POÉSIES : Poèmes antiques et modernes ; Héléna ; Fragments. 1 volume
Avec une notice sur Alfred de Vigny et une étude sur les Poèmes, par Léon SÉCHÉ.

STELLO. . . . . 1 volume

CINQ-MARS . . . . 2 volumes

SERVITUDE ET GRANDEUR MILITAIRES . . . 1 volume

THÉATRE COMPLET — Tome I. — **Shylock, Othello.** / Tome II. — **La Maréchale d'Ancre. Quitte pour la peur.** / Tome III. — **Chatterton,** *suivi de Mademoiselle Sedaine et de la Propriété littéraire et du Discours de Réception à l'Académie française.* — 3 volumes

JOURNAL D'UN POÈTE . . . . 1 volume

ŒUVRES POSTHUMES : *Les Destinées, Fantaisies oubliées, Mélanges.* . . . . 1 volume

CORRESPONDANCE, nombreuses lettres inédites. . . . . 2 volumes

Imp. Crété, Corbeil

IMPRIMERIE CRÉTÉ
CORBEIL (S.-ET-O.)